belleville

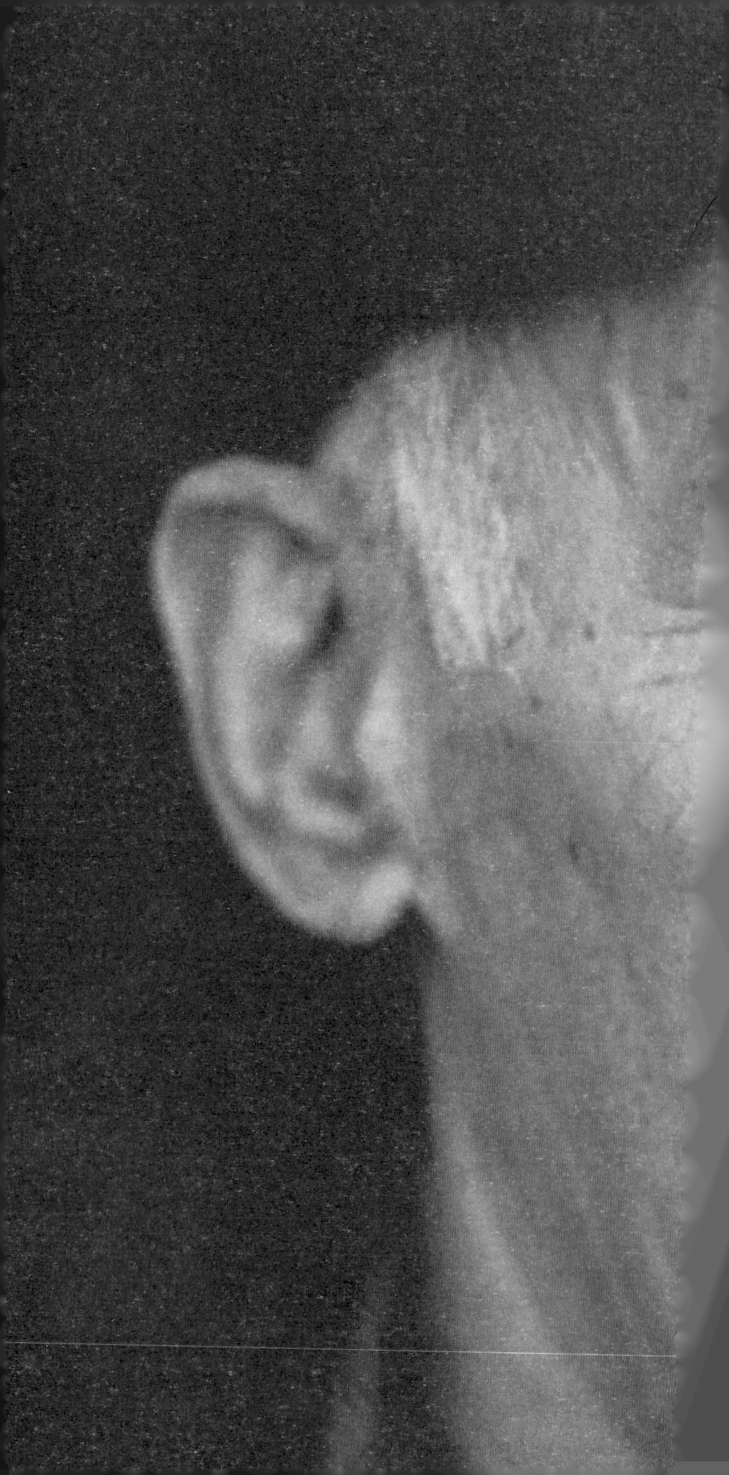

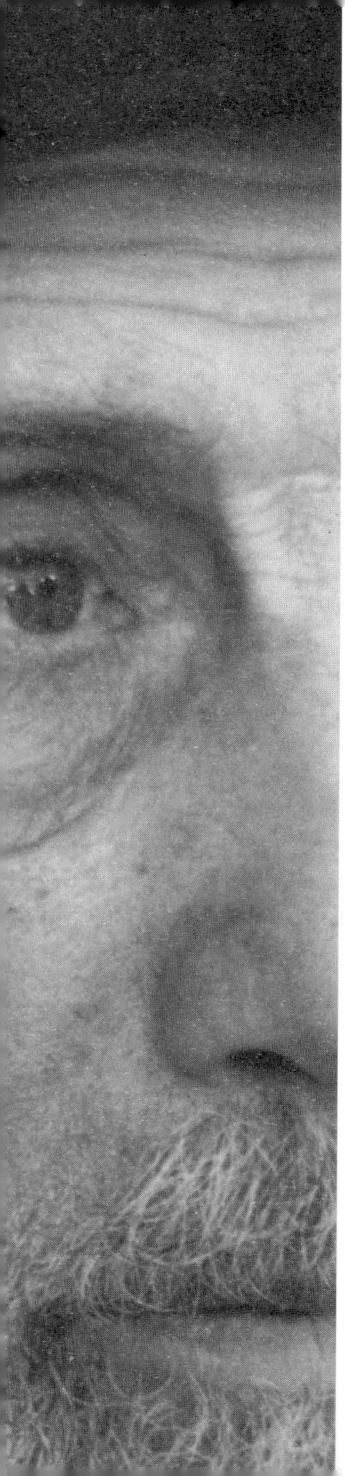

sigrid hauff

*eine
linie
in
drei
kreisen*

*die
innere
biografie
des
robert
lax*

Photo Seite 2, 160, 334 : Moschos Lagouvardos

Der in diesem Band veröffentlichte Essay basiert auf der Sendereihe ›Die innere Biografie des Robert Lax‹.
Produktion: Bayerischer Rundfunk/
Hörspiel und Medienkunst 1995.
Redaktion: Herbert Kapfer
Die Bibliografie ›The Works of Robert Lax‹ wurde von Sigrid Hauff und Hartmut Geerken im Auftrag des Bayerischen Rundfunks/Hörspiel und Medienkunst erstellt.

Erstausgabe

Michael Farin
Hormayrstr. 15
80997 München
Graphic-Design: Christof Leistl & Heidi Sorg, München
Druck: Lettner, München

ISBN 3-933510-24-4

VORWORT
ROBERT LAX – BORN BEFORE STEREO

Herbert Kapfer

Er ist einer der wunderbarsten Menschen, denen ich begegnet bin. Bei der Fixierung dieses Satzes mußte eine akute Schreibhemmung überwunden werden. Und dennoch: ich sträube mich, diese Aussage zu löschen. Ich werde auch mehrere Anekdoten erzählen müssen – in der Regel ist das nicht mein Fach. Hätte Robert Lax keine Zeile geschrieben, hätte er kein einziges Piktogramm mit Schwimmvögeln und Flugfischen verfertigt, eine Begegnung mit ihm wäre nicht weniger anregend oder weniger beeindruckend verlaufen: Lax ist eine faszinierende Person; daß die Person noch dazu künstlerische Formen und Wege gefunden hat, die dem Leser oder Betrachter die eindeutige Wahrnehmung vermitteln, hier seien »Autor« und »Werk« auf eine ebenso einfache wie tiefe Art und Weise identisch, ist ein Faszinosum für sich.

Wieder einmal reiste der Nicht-Flieger Lax von Patmos aus per Schiff und Bahn nach Zürich und von dort aus weiter nach Wartaweil, um bei seinen Freunden Hartmut Geerken und Sigrid Hauff Station zu machen. Hier lernte ich ihn kennen. Wir schüttelten uns die Hand, lachten – selbstverständlich »ohne Grund« – lange und herzlich und setzten uns. Dann machte ich ihm sofort ein Geständnis (sonst auch nicht meine Art): ich erzählte ihm den Traum, den meine Mutter in der vergangenen Nacht gehabt hatte und den sie mir telefonisch beichtete. In diesem Traum spielte Lax, den meine Mutter nicht persönlich, sondern nur vom Cover eines Hörspiel-Programmheftes her kannte, eine – sagen wir: – »tragende« Rolle. Ich werde diesen Traum nicht wiedergeben. Aber mich erstaunte die Terminologie der Traumberichterstatterin immens. Ich habe danach auch nie wieder eine derartige Ansammlung von four letter words aus dem Mund meiner Mutter gehört. Sie war beim Erwachen noch sehr benommen und schockiert. Sie machte meinem Vater, der in diesem Traum eine üble Rolle spielte, heftige Vorwürfe; sie waren so heftig, daß er noch vor dem Frühstück das Haus verließ und mit Blumen für meine Mutter zurückkehrte. Bei späteren Gesprächen und Begegnungen mit Lax kam dieser Traum immer wieder zur Sprache. Die Rolle, die Lax in diesem Traum hatte, paßt überhaupt nicht zu seiner Person und seinem Verhalten! Im Gegenteil: Lax hat sich eine kindliche Schüchternheit bewahrt, die meine Phantasie über sein Leben stark beflügelt. Das zweite gravierende Charaktermerkmal ist der coole Witz, die spontane witzige Reaktion, die jedes Treffen zu einem heiteren Erlebnis macht.

Schwärmerische Sätze über einen alten Mann zu schreiben, erstaunt den Schreiber selbst. Denn Lax hat auf viele Menschen große Wirkung und Anziehungskraft ausgeübt, vermutlich gerade, weil er sich so absichtslos und frei in der Welt bewegt. Es ist mir, sicher vor allem aber ihm unheimlich: er hat wirkliche Verehrer, die voller Begeisterung Äußerungen – hier trifft der Begriff zu: – »ausstoßen« wie: »Oh, did you see Bob?« »Isn't he wonderful?« etc. Guru sein wider Willen – dieses Schicksal wünsche ich ihm nicht.

Einmal führten wir – Christoph Lindenmeyer, Hartmut Geerken und ich – in der Autorenbuchhandlung in München das Hörspiel von Hartmut Geerken ›erwartet bobo sambo ein geräusch? erwartet er eine stimme?‹ vor. Auch Lax selbst war anwesend. Es gab leider ein sogenanntes technisches Problem: der linke Kanal fiel aus. Ich entschuldigte mich am Ende der Veranstaltung bei ihm – sinnloserweise. Denn nach meinem »I am sorry« etc. etc. beschied mich Lax nur schulterklopfend mit der Antwort: »Doesn't matter! I was born before stereo.«

Harter Schnitt. Jahre später: Lisbeth Exner und ich besuchen Lax in Patmos. Er äußert eine Bitte. Es gibt einen Kurator in – sagen wir: – B., meinetwegen auch woanders, der vor Jahren und Aberjahren Material für eine Lax-Ausstellung erhalten, es aber nie mehr zurückgeschickt hat. Hat die Ausstellung überhaupt stattgefunden? Wer weiß. Eine ernste Angelegenheit, die dazu führt, daß sich das sogenannte Commando Pax firmiert (der militant anmutende Name würdigt die von Lax herausgegebene Zeitschrift 'Pax'). Das Commando Pax fährt nach B. oder sonstwohin, lauert stundenlang dem säumigen Kurator auf und entlockt ihm nach peinlicher Befragung das Material. Vier Personen, Angehörige des Commando Pax, legen zusammengerechnet und mit Umwegen dreitausendzweihundertzwölf Kilometer zurück, um dieses Material sicherzustellen.
Nachdem der Auftrag erledigt ist, verständige ich Lax telefonisch und frage ihn, was nun mit dem Material – Zeichnungen, 29 Blatt, wenn ich es richtig erinnere – geschehen soll. Lax: »Make a big fire!« (Etwa vier Jahre später erkundigt sich Robert Lax besorgt, ob ich damals tatsächlich die Zeichnungen vernichtet hätte, denn die Staatsgalerie Stuttgart sei an einem Erwerb interessiert! Inzwischen sind die Zeichnungen der Stuttgarter Lax-Sammlung einverleibt.)
Ein Leben voller Geschichten, man muß nur nach Namen fragen.
Allen Ginsberg? Eis essen mit ihm und Peter Orlovsky in Marseille. Kein Geld. Drei Personen. Ein Eis. Drei Löffel.
Erika Mann? Das einzige Kiffererlebnis seines Lebens usw. usf.
Soviel zur Person.

Und das Werk? Es gibt kein Werk, genaugenommen. Das Leben ist ein Skizzieren. So füllen sich Notizbücher und Zeichenblöcke. Sie werden irgendwann in Plastiksäcke verpackt und in ein Archiv geschickt. Immer wieder aber tauchen auch Menschen in Patmos auf, die ein Buch mit Gedichten oder Zeichnungen von Lax herausgeben wollen. Dann wird eine Auswahl getroffen, am besten der Herausgeber macht Vorschläge, nicht weil der Autor an dem neuen Band desinteressiert wäre, sondern, weil es so schön ist, sich beraten zu lassen. Oder Hartmut Geerken kommt im Auftrag des Bayerischen Rundfunks – Hörspiel und Medienkunst, um Lax 100 Blätter signieren zu lassen für eine Vorzugsausgabe der Multimedia Box ›Robert Lax‹. Eine Tortur, zehn oder zwölf Unterschriften maximal an einem Tag! Hier fällt mir das Gedicht von Robert Lax ein, das ein Gedicht in Anführungszeichen ist, denn es ist genaugenommen »nur« ein Spruch. »think fast move slow«. Ich habe ihm einmal erzählt, wie sehr ich dieses four words-Werk schätze. Lax war darüber sehr erstaunt: »Really?« Denn heute würde er das Gedicht anders schreiben: »think slow move slow«.

Der Vorsatz war, in diesem Vorwort vor allem darauf hinzuweisen, daß das vorliegende Buch auf der Sendereihe ›Die innere Biografie des Robert Lax‹ von Sigrid Hauff basiert, die der Bayerische Rundfunk produzierte.

München, April 1999

eine
linie
in
drei
kreisen

die
innere
biografie
des
robert
lax

I. CIRCUS

Die Suche nach dem Punkt

Sometimes my friend and I wonder if we are the last people with our melancholy view of things. Both of us get sick when Hemingway says: Life is worth the fightin' for.[1]

New York 1940. Die von Gertrude Stein beschworene »lost generation« ist in die Jahre gekommen und hat sich arrangiert. Die junge Generation, zu der Robert Lax damals gehört, fühlt sich nicht nur verloren, sondern »beat«, umhergestoßen, geschlagen, erschöpft. Der in Europa tobende Krieg zerstört Illusionen, und der »american way of life« macht dem jungen Robert Lax eine sinnvolle Standortbestimmung nicht leicht.

Wieso – so fragte er sich – sollte ein junger Kerl wie er nicht eine schöne Landstraße entlangspazieren und nichts, gar nichts fühlen außer einer in Erinnerung gerufenen Verwandtschaft mit Bäumen, Würmern, Vögeln, dem Himmel und dem Geruch nach Asphalt?[2]

Warum sollte ein gerade erst 25 Jahre alter Typ wie er, der die normale Schule und das College durchlaufen hat, der ab und zu arbeitete, ab und zu bummelte und wieder arbeitete, nämlich Briefe schrieb in einem blöden Job, warum sollte einer wie er sich absolut wertlos fühlen, nur weil er, wenn er seine Hände anschaut, weiß, daß sie nicht geschickt genug sind zu irgend etwas außer vielleicht zum Zeichnen oder Schreibmaschine schreiben, also zu etwas, was man allenfalls zu seiner bescheidenen persönlichen Befriedigung macht oder weil vielleicht jemand kauft, was man zeichnet oder schreibt, aber nicht, offensichtlich nicht, weil irgend jemand es jeden Tag braucht und danach verlangt.[3]

Robert Lax, heute einer der großen Einzelgänger der amerikanischen Literatur, machte sich damals allen Widrigkeiten zum Trotz auf die Suche nach etwas, das er sich noch nicht einmal vorstellen konnte: einem für ihn sinnvollen Leben. Er notierte seine Selbstgespräche, machte erste literarische Versuche, zeichnete Karikaturen.

Erst die Generation nach Robert Lax, die sich unter anderen Vorzeichen »Beat-Generation« nennt, wird das Trauma der Wert- und Sinnlosigkeit thematisieren. Dichter wie Allen Ginsberg und Jack Kerouac werden ihrem Protest gegen den amerikanischen Lebensstil und seine Konventionen respektlos Luft machen.

Protest und Widerstand – das lag Robert Lax nicht. Der am 30. November 1915 in Olean im Staat New York geborene Sohn österreichischer Juden aus Krakau war eher zurückhaltend und in sich gekehrt. Er mußte grundsätzliche existentielle Fragen lösen – vor denen eines sicheren Jobs.

Ab 1934 studierte Lax an der Columbia-Universität in New York englische Literatur. Mit seinem Freund, dem lebenslustigen Thomas Merton, der später als Mönch und Priester im Trappistenkloster zum Brückenbauer zwischen Christentum und den östlichen Religionen wird, war er oft zusammen und viel unterwegs.

REMEMBERING MERTON AND NEW YORK

N. Y. places
I went to
with Merton:

Childs,
103rd
St.

Gold Rail.

West End
Cafeteria
Bar.

A drugstore
(Tilson's)
on the corner
of 116th &
B'way
»the girl
place«.

The drug
store
on 113th
where we'd
often eat
lunch.

ice-cream
& chocolate
sauce on
toasted
pound
cake,
milk
shakes,
»burn
one«.

Down
town:

The Hickory
House:

Nick's.

The Famous
Door.

Jimmy
Ryan's
(52nd St.).
Low-
ceilinged
place
Count
Basie
played in.

Who played
at Jimmy Ryan's?

Teddy
Wilson,
Wingy
Manone,
The Higgin-
bottom
Brothers,
Pee Wee
Russell
(Sunday
afternoon
Jam
Sessions)
good
clarinet
&
bass
with
Teddy
Wilson.

At
Hickory
House:
Joe
Marsala,
Woody
Herman,
Adele
Girard.

Place near
the Taft,
49th St.
West?
Where
Hot Lips
Page,

Zutty
Singleton,
Joe Blanton
played &
Billie
Holiday sang.[4]

Billie Holiday, der Star der New Yorker Jazzszene, sang im Café Society in Greenwich Village. Sie war bescheiden, einfach, war auch noch nicht so glamourös gekleidet wie später. Merton und Lax luden sie des öfteren zu einem Drink an die Bar und sie unterhielten sich auf eine, wie Lax sich erinnert, sehr sympathische Art. Billie schlug Lax vor, sie in Harlem zu besuchen, wo sie mit ihrer Mutter wohnte, zum Musikhören. Sie hatte eine sehr gute Plattensammlung. Lax freute sich, schlug aber aus, da er *als guter Student an seiner Arbeit bleiben wollte.*

Thomas Merton, Ad Reinhardt und Robert Lax waren seit ihrem Studium an der Columbia University und der gemeinsamen Redaktion der Studentenzeitschrift JESTER in den dreißiger Jahren eng befreundet. Ad Reinhardt, älter als Lax, veröffentlichte Zeichnungen von Lax und ermutigte ihn zu eigenen Arbeiten. Merton, noch ruhm- und ruhelos, war gerade vom Judentum zum Katholizismus konvertiert, obwohl Ad Reinhardt – später als Maler ebenso berühmt wie Merton als Schriftsteller – es ihm auszureden versucht hatte. Robert Lax, den Merton auch zum Katholizismus überreden wollte, folgte zunächst dem Rat, den ihm seine Mutter kurz vor ihrem Herzinfarkt gegeben hatte und suchte nach seinen eigenen Wurzeln. Er begann, sein Judentum ernstzunehmen, aß koscher und ließ sich einen Bart wachsen.

Damals, 1940, schrieb Robert Lax eine Seite für den New Yorker, die Aufsehen erregte. »A radio-masque for my girl coming down from Northampton« – ein frühes Beat-Szenario:

A RADIO MASQUE FOR MY GIRL COMING DOWN FROM NORTHAMPTON

PART I – AUBADE

Announcer:

Now, like a snail track,
Dawn on the windows
Creeps from the roof
To the eighty-eighth floor.

Second voice:

An Airdale, in the morning gale,
Strolls with a troll near the reservoir.

Deep,interpretive voice:

The city's supply
Of water is high,
But the reservoirs of life
Are low.

Announcer:

From the truck
To the walk
With a smack,
A pack
Of daily papers
Falls on its back.

Newsboy voices:

War in China!
War in China!
War at least in England, France, and China!

Deep voice (nudgingly):

Yesterday's papers roll in the gutter;
Yesterday's scream is a stifled mutter;
Life rolls by with a muffled motor,
Dropping the news with a thwack.

Announcer:

The tongue of the milk horse dangles wearily,
The tongues of the faithful lift in ritual.

Pontifical:

From her dove-gray lip the church draws in
A black tongue of people, of minds spiritual.

Announcer:

A tongue will convey the Host to the soul,
And to the body, viosterol.

Mixed chorus:

Tongues for stamps,
And drop-mouth gaping
Tongues for scrutiny and scraping;
Tongues of sick dogs lick the lawn,
And tongues will wag when teeth are gone.

Announcer:

From an eastern pane
Of a southbound train,
The tongue of my red-haired girl is plain
Contemptuous of dawn.

Newsboy voices:

War in China!
War in China!
War at least in France and China!

MIDWAY COMMERCIAL

Announcer:

Do you ever wake up feeling awful*? Does the day settle on you like a great straw hat? Are you edgy and impatient? Do you hate the voices of children? Do you ever say, »If the elevator doesn't come in two minutes, I'll kill myself.« Is your husband or wife the last person in the world you want to see? Then what you need is Opium. Opium, spelled O P I U M , is obtainable from any gray shifty-eyed little man at your nearest corner – not too near the light. OPIUM corrects the body's natural habits by turning the usual frenzy of waking into the beautiful serenity of your favorite dream. It conquers, scientifically, that* awful *feeling that comes from too much normal living.*

Pipe-smokers, here's new fun for you! But smokers and non-smokers alike will find that OPIUM gives you two times the comfort at one half the cost. Don't beat your head with a shoe! Patronize your neighborhood cokey. Get rid of that awful *feeling.*

PART II – DEVOTIONAL
(Lead-in song:
»My Heart Belongs To Nobodaddy«)

Chorus of the people of Canterbury:

Longtime among us we have told the tale,
From the grayest lips to the tannest ears:
Soon the redeemer will come from
Northampton,
Soon, *the tale has said for years.*

When will she come, the bright redeemer?
When, discarding the cobbleshoe of humility,
Barefoot, over the stubble field
of individual aspiration,
Will she walk laughingly?
Well, when?

(Song: »Grosbeak's Exception«*)

Other days are gray,
Today will be bright;
Other days are dull,
Today will be pretty;
Other days have hair in their eyes,
Today will be clear-faced.
Other days are Monday, Tuesday,
Wednesday, Friday, Saturday, and Sunday,
But today, today will be Thursday.

Other days are wet,
Today will be dry;
Other days are cold,
Today will be warm;
Other days say, »Wake up, stupid,«

Today will say, »Good morning, Arthur.«
Other days are Monday, Tuesday,
Wednesday, Friday, Saturday, and Sunday,
But today my girl comes, today will be Thursday.

Chorus:
When will she come,
The bright redeemer?
When walk laughingly over the stubble?

Train chugging:
Cras amet qui numquam amavit;
Quisquam amavit, cras amet.
(It pulls into Grand Central Station.)

Chorus of Redcaps:
Carry your cross, Miss?
Check your effulgence?

Cabbies:
Taxi, there, Miss?
Taxi, there, Miss?
Taxi, taxi, taxi, dear Miss?[5]

** This song is named for the famous German scientist John Hampton Grosbeak, who checked over all the calendars in the world and discovered that all the days of the week are named Monday, Tuesday, Wednesday, Friday, Saturday, or Sunday, except Thursday.*

Thomas Merton hielt dieses Szenario seines Freundes Lax für sein »Girl« Nancy Flagg für das beste, was bis 1940 im NEW YORKER erschienen war.

Der Einfluß des von Lax verehrten James Joyce, dessen »Finnegans Wake« 1939 erschienen war und noch heftiger diskutiert wurde als der Beginn des 2. Weltkriegs, ist unverkennbar. Dabei ist der dadaistisch-humorvolle Abstand zur beschriebenen Szene ein besonderes Kennzeichen für Robert Lax.

Trotz brennender Fragen nach dem Warum und Wohin im Leben blieb es Robert Lax nicht erspart, Jobs zu suchen. Einmal sollte er eine Werbesendung für »Lucky Strike« entwerfen. Als er seinen Text vorlegte, nahm ihn der Werbechef zur Seite und sagte, er glaube zwar, daß er schreiben könne, sei aber sicher, daß er in der Werbung am falschen Platz sei. Zur Überraschung von Lax zog er ein Bündel Dollarnoten aus der Hosentasche und forderte ihn auf, sich jetzt Zeit zu nehmen und seine eigenen Texte zu schreiben.

Das Geld reichte für einen Sommer, den Sommer 1940, den Lax mit Thomas Merton, Ed Rice und anderen Freunden und Freundinnen im Sommerhaus seiner Schwester in den Bergen von Olean verbrachte: alle schrieben, liefen barfuß, trugen Bluejeans und die Männer rasierten sich nicht. Ziemlich ungewöhnlich für die guten Bürger, bei denen sie so auftauchten. Nicht jede Mutter hätte ihre Tochter ohne weiteres in dieses Haus mitgehen lassen. Im Anschluß an diese intensiven Wochen arbeitete Lax beim Funk, in der Redaktion des NEW YORKER und im Friendship House, einer caritativen Einrichtung für Schwarze. Er unterrichtete Englisch an der Universität von North Carolina und wurde Filmkritiker beim TIME Magazine, das hieß: jeden Tag etwa vier Filme anschauen. Von Montag bis Donnerstag war sonst wenig zu tun, er ließ Papierschwalben aus dem Fenster fliegen. Erst am Freitag war klar, welcher Film mit wievielen Zeilen besprochen werden sollte.

Ein Blick aus dem Fenster:

a young man
and a young girl
in grey, and pink
and black
sort down
27th street
like Adam &
Eve from the
garden.

an accountant
in blue shirt
and pressed grey pants
looking around
all over the block
perhaps for an
adding machine.

and a sportive girl
in a lavender skirt
walks up the block
with enough strength in
her stride
to make it
to 168th street.

the greyest man
in the greyest hat
with the greyest shirt
and the blackest suit
walks ever-so-despondently
across the road.

and an old man
with legs like stilts
white hair and a distinguished
blue suit,
makes it as well as he
can
up the block.

solid
solid
solid,
a man in a well-fitting suit
crosses the road on an errand
he's almost persuaded is right

sunlight stands
within the gate
at the chase
manhattan
bank;
gold as all
the gold
inside;
and quicker
to go
its way.[6]

1946 fand er einen Job in der Drehbuchabteilung der Samuel Goldwyn Studios in Hollywood. Abends führte er lange Gespräche am Telefon mit seinem Lieblingsonkel Henry Hotchener, dem Vorsitzenden der theosophischen Gesellschaft. Er war der Bruder seiner Mutter und Erzieher des jungen, aus Südindien stammenden Brahmanen Krishnamurti, der später im Westen einflußreicher Lehrmeister eines aus indischen und europäischen Quellen gespeisten Pantheismus wurde. Mit ihm besprach Lax seinen Zwiespalt zwischen caritativen und dichterischen Ambitionen, und von ihm erhielt er den sicher wegweisenden Rat, den Menschen, die bereit seien und die Voraussetzungen dafür mitbrächten, das zu sagen, was er zu sagen habe.

Am 1. September 1947 notierte er in sein (1996 erschienenes) Hollywood-Tagebuch, er sei immer noch dabei, seine Ausbildung zu verdauen. Auch mit 31 sei er noch am Beobachten und versuche dabei, Vergleiche zu ziehen zwischen dem, was er gesehen und dem, was er gelesen habe, dem, was *er* für wahr halte und dem, was andere zu glauben schienen. Er nehme nur sehr eingeschränkt an dem Leben teil, das um ihn herum ablaufe. Aber er beobachte es, versuche immer ihm einen Sinn abzugewinnen. Und indem er versuche, einen Sinn zu finden, bemerke er, daß sich Vergleiche einstellten, klassische Vergleiche aus der Geschichte und einfache Vergleiche, abgeleitet aus den Meinungen jener, die um ihn herum seien.

Die Gründe für seine Zurückgezogenheit verstand er selbst nur schwer, wie er sagt. Eine Ursache war sein Temperament, war Veranlagung oder vielleicht Gewohnheit, ein Widerwille gegen Bindungen. Vielleicht auch eine ganz einfache Abneigung gegen die Risiken, die Bindungen mit sich bringen. Vielleicht, positiver, ein Bedürfnis nach Ruhe, das ihn nur unwillig auf die Annehmlichkeiten seiner eigenen Lebensweise verzichten ließ, um die fragwürdige Belohnung jener zu erhalten, die auf die typischen Zwecke von Bindungen aus waren ...[7]

Warten. Suchen. Nichtstun ... Weniger nobel erscheint ihm die eigene Bereitschaft, Geschenke anzunehmen, um diese Zeiten des Nichtstuns ausdehnen zu können, oder um in Muße eine passende Beschäftigung zu suchen. Dazu gehörte auch die Bereitschaft, einen Job aufzugeben, wenn er ihm sinnlos erschien; von einem Schreibtisch wegzulaufen, wenn ihn ein heiterer Tag nach draußen rief.[8]

Als sich Robert Lax beim Sender CBS bewarb, wurde er auf dem Bewerbungsformular nach dem Kündigungsgrund bei all seinen früheren Jobs gefragt. Er hatte das Gefühl, daß er dem potentiellen neuen Arbeitgeber die wirklichen Kündigungsgründe nicht vorenthalten sollte und nannte beim einen Job »Frühling«, beim nächsten dasselbe in englisch, »spring time«, beim nächsten »primavera«, beim letzten »printemps«.

Er wußte nicht, ob es sein Lebensstil war, der ihn in die Gesellschaft Gleichgesinnter führte, oder ob seine Generation im Land insgesamt (durch höhere Fügung oder zufällig) zu meditativen Wanderern geworden war. Er fand, daß in beiden Theorien ein Körnchen Wahrheit steckte. Aber er hatte nur wenige getroffen, die sich so ganz und gar, so grundsätzlich diesem »way of life« ergeben hatten wie er. Er dachte an Ameisen und Heuschrekken und hatte den Eindruck, daß die meisten seiner Freunde Heuschrecken waren, nur daß die meisten, wie auch er, selten einen Laut von sich gaben.[9]

Wie eine Heuschrecke wechselt er, und mit ihm viele seiner Bekannten, scheinbar ziellos den Ort. Unterwegs sein ist ein essentielles neues Lebensgefühl. Jack Kerouac wird es in seinem 1957 veröffentlichten und für eine ganze Generation zum Kultbuch gewordenen Werk »On the road« beschreiben. Kerouac ist ein früher Bewunderer von Lax, und für Lax ist Kerouac ein »Nomade an der äußersten Grenze«. Er steht mit ihm in Briefverkehr und trifft ihn in jener Zeit zum ersten Mal persönlich. Kerouac wird Lax von nun an immer anrufen, wenn er in New York ist. Einmal, so erinnert sich Lax, nimmt ihn der Katzenfreund Kerouac mit, um aus einem Wurf ein Kätzchen auszusuchen. Der Besitzer nimmt eines gleich beiseite – das komme nicht in Frage, es sei zu schwach. Dann habe es wenigstens noch ein paar schöne Tage, sagt Kerouac und besteht darauf, gerade diese junge Katze mitzunehmen.

Unterwegs ... 1948 feiert Robert Lax mit dem Circus Cristiani in Florida Weihnachten. Er war, als der Zirkus in New York gastierte, hingerissen und fasziniert gewesen vom so ganz andersartigen Artistenleben in einer familiären, überschaubar kleinen Welt.

Der Zirkus zog ihn von da an mit magischer Kraft an. Zwar unterrichtete er danach wieder Englisch am Connecticut College, aber der Zirkus hatte es ihm angetan. Hocherfreut nahm er im Sommer 1949 den Auftrag des NEW YORKER an, über die Zirkusfamilie Cristiani zu schreiben.

Was ihm am Zirkus gefällt? Daß der Zirkus nichts anderes sein will als das, was er ist, während Literatur, Malerei, Musik und selbst Ballett nicht selten nur als Mittel und Vehikel gebraucht werden für ganz andere Zwecke.

I have often thought how much like
a circus the world is, and how
the more like a circus it becomes,
the better.
These are some of the reasons:

More than almost anything in the
world, the circus is an end in itself.
(That used to be said of all art, but
too often literature
painting & music, even ballet turn
into means & servants of some other end.)
No one jumps through a
hoop on horseback to prove a point
(except, incidentally, the point that
anything that is done proves i. e.
that it can be).[10]

Die Akrobaten beeindrucken Robert Lax nachhaltig. Ihre Kunst ist Spiel, verantwortungsvolles Spiel bei absoluter Selbstkontrolle und Geistesgegenwart. So, und nur so, kann sich Robert Lax Arbeit, und vor allem seine dichterische Arbeit, vorstellen. Der ungeheure Anspruch an »Arbeit« als Kunst wird deutlich.

Vollendung, das ist es, was ihm erstrebenswert erscheint. Ist doch die Welt genauso wie der Zirkus stets in Bewegung. Die Parallele weist ihm auch seine Rolle zu in einer sich ständig verändernden Welt: wie die Artisten nach Vollkommenheit trachten, und sei es nur für den Bruchteil von Sekunden. Jeder, der mit dem Zirkus reist, ist für den Zirkus von Nutzen. Niemand reist einfach nur mit.

Like civilizations
and
everything
that grows,
it holds
in
perfection
but a little moment.

The world too is always in motion.
Nothing abides,
all changes.
A bright bubble
turns to the light
and is seen no more.
(For this poor world presenteth
naught but shows
whereon the stars in
secret influence comment)

Everyone who travels with a
circus is of use to the circus.
Nobody is just along for the ride.[11]

In der spielerischen Arbeit der Akrobaten entdeckt Robert Lax eine sehr reine Form religiöser Hingabe, einerseits kindlich, andererseits bewußt und reif zugleich; er findet in ihr die Freude und den würdevollen Ernst der Liebe.

It is not acrobatics on horseback.
It is ballet.
Is is not comic ballet.
It is appropriately dignified praise.
An ancient
and very pure form
of religious devotion.
It is easy to compare it
to the child-like devotion
of the jongleur de Notre Dame;
but it is more mature,
more knowing.
Like the highest art,
it is a kind of play
which involves
responsibility
and control;
an activity which involves
awareness
and appreciation;
its own symbolic value.
Like the prayers
of the old in wisdom,
it has the joy
and the solemnity of love.[12]

Kunst als Ritus, als Akt der Verehrung? Oder Kunst als Kunst, wie sein Freund Ad Reinhardt postuliert? Kunst als »acte gratuit«? Noch ist Lax voller Widersprüche. Hin- und hergerissen zwischen dem Wunsch, aktiv etwas zu vollbringen und der Sehnsucht nach Kontemplation. Oder das eine und das andere, das eine am Tag, das andere nachts?

By day I have circled
like the sun,
have leapt like fire.

At night I am a wise man
on his palanquin.

By day I am an acrobat,
spinning brightly,
a juggler's torch.

Nights I am contemplative,
drinking deep of silence.

Road, prairie, night
go through me:
Songs of praise
like mist rise up:
Blessings
tumble down
like dew.[13]

Nicht die Gefahr, nicht die Geschicklichkeit, nicht der Applaus zählen für Mogador, den Akrobaten. Für einen Augenblick bringt die Anmut, die Grazie der Bewegungen etwas Schönes zustande: einen Salto, einen Sprung, einen Kreuzsprung auf dem Rücken des Pferdes.

it wasn't the danger,
it wasn't the skill,
it wasn't the applause
that made the act what it was.
It was principally the grace;
the bringing into being,
for a moment,
the beautiful thing,
the somersault,
the leap,
the entrechat on horseback.[14]

Wir führen das Geheimnis von Gehorsam u n d Freiheit vor innerhalb des Gesetzes der Schwerkraft und machen Gleichgewicht finden zum Spiel, zitiert Lax einen Seiltänzer in der »Reise nach Pescara«, einem unveröffentlichten Manuskript über eine Zeit, da er mit einem kleinen französischen Zirkus in Italien unterwegs war.

Mogador, der Akrobat, über den Robert Lax hier nachdenkt, ist bewußt Nomade, ein Wanderer auf Erden, ohne festen Wohnsitz, ohne Besitz. Denn Besitz bedeutet für ihn eine Last. Wir gewinnen, indem wir verlieren, philosophiert Mogador mit Kant, den er wahrscheinlich nicht einmal dem Namen nach kennt.

»Whatever is withheld is lost.
Whatever we give away,
whatever we throw away,
what we disburden ourselves of
is profit to us.
We keep giving things away,
throwing them out
like old chairs out of a house;
keep destroying
until
we can destroy
no more.«

»Because what is left
is indestructible«
I said.[15]

Was übrigbleibt ist unzerstörbar. Es ist das, was wir sind, wenn wir nichts sind und nichts haben. Nach diesem Unzerstörbaren im Menschen sucht Robert Lax.

Zirkus ist für Lax eine im Kleinen verwirklichte Utopie unserer Welt. Eine der Flüchtigkeit und Vergänglichkeit unseres Daseins angepaßte Lebensweise, das Gefühl, eingebettet zu sein in ein universales Treiben, eine universale Familie, ein Leben, das offen ist für alles, was im Augenblick geschieht. Kein Ballast, der die Reise beschwerlich macht. Lax begreift aber auch die Ausnahmestellung des Künstlers, des Akrobaten in einer Welt, die dazu verdammt ist, ihr Brot im Schweiße ihres Angesichts zu verdienen, lernt die Freiheit der wenigen schätzen, die wie die Lilien auf dem Felde leben.
Alles Haben und Sein ist Illusion. Denn wir alle sind Wanderer auf diesem Planeten …

For we are all wanderers in the
earth, and pilgrims. We have no
permanent habitat here. The migration
of people for foraging & exploiting can
become, with grace, in (the latter days)
a travelling circus. Our tabernacle must
in its nature be a temporary tabernacle.

We are wanderers in the earth, but
only a few of us in each generation
have discovered the life of charity, the
living from day to day, receiving
our gifts gratefully through grace,
and rendering them, multiplied
through grace, to the giver.[16]

Träume, Utopien haben Kraft. Sie zähmen Löwen und schlagen Wege in den Dschungel ... Sie erfinden neue Paradiese ... wir, die wir am Tag von Stadt zu Stadt ziehen, tragen Eden in unserem Zelt mit uns und bringen seine Wunder zu Kindern, die ihren Traum von Heimat verloren haben.

Our dreams have tamed the lions,
have made pathways in the jungle,
peaceful lakes; they have built new
Edens ever-sweet and ever-changing.
By day from town to town we carry
Eden in our tents and bring its
wonders to the children who have
lost their dream of home.[17]

Lax sieht im Zirkus die Entsprechung zur Welt: jeden Tag ziehen wir unsere Show ab wie Jongleure; ruhig im Strom lassen wir uns tragen von der Welt, kaum erschüttert, ganz so als säßen wir in einer Sänfte; auf der grauen runzligen Erde reiten wir wie auf dem Kopf eines Elefanten.

This is our camp, our moving city; each day
we set the show up: jugglers calm amid
currents, riding the world, joggled but
slightly as in a howdah, on the grey
wrinkled earth we ride as on elephant's
head.[18]

Der Zirkus hat Lax den Weg gewiesen zu einer annehmbaren Vorstellung von Leben und Welt.

Never touched earth – once in my life –
Lived in a dream, always, until
the Circus began to come
toward Rome …

Trotz aller Liebe zum Zirkus, und obwohl er gelegentlich bei den Cristianis – seine ihm eigene Unbeholfenheit spielerisch zur Schau stellend – den Clown mimt, reist Robert Lax nicht mit dem Zirkus weiter. Er verarbeitet seine Erfahrungen zu einem ersten Buch mit dem Titel »Circus of the Sun«, das 1959 in New York erscheint. Nicht nur Freunde wie Thomas Merton, Jack Kerouac, E. E. Cummings und Robert Creeley nehmen das Buch begeistert auf. Ernesto Cardenal, damals Novize bei Thomas Merton, übersetzte es ins Spanische.

Die Zirkuserfahrung von Kunst als Spiel und Ritus wird Robert Lax jetzt auf sich, seine Dichtung und seinen Alltag zu übertragen versuchen.

Die Diskussion, ob Kunst eng mit Leben verknüpft sei oder aber mit dem Leben des Künstlers absolut nichts zu tun habe, war im New York der frühen 50er-Jahre lebhaft im Gange. Sein Malerfreund Ad Reinhardt behauptete kategorisch »Kunst ist Kunst als Kunst« (wenn einer Natur will, soll er einen Spaziergang machen!).
Ein Künstler durch und durch, sagt Lax über Ad Reinhardt. Auch wenn er ausging, war er in erster Linie Künstler, während er, Lax, schon froh war, wenn es ihm gelang, als Mensch unter Menschen zu erscheinen.
Lax betont, daß er bei Ad Reinhardts Gesprächen über Malerei viel gelernt hat. Die angestrebte Reinheit und Klarheit eines Bildes erforderten, daß Reinhardt jede Oberflächenstruktur vermied. In seinen letzten Werken verzichtete er sogar auf Farbe, malte schwarz in schwarz. Für Lax sind diese Bilder Meditationsgegenstände.
Aber daß Kunst mit Leben nichts zu tun haben soll? Lax kommen Zweifel an dieser Auffassung.

I'm beginning to think
r[einhardt] was wrong

not r[einhardt], but an idea i had
of him that i practically
worshipped

that said life was the
opposite of art

& art was the opposite
of life

& proud of it

but i think life
has something
to do with art

& it's just a matter
of finding

the special point

at which the two of them
get together.[19]

D e n Punkt zu finden, in dem Leben und Kunst sich berühren, stellt sich Robert Lax bis heute zur Aufgabe. Er trifft ihn immer wieder auf seinem Weg als meditativer Wanderer durch eine unruhige Welt, und es gelingt ihm kindlich-spielerisch, und doch bewußt und voller Ernst, diesen Moment der vollkommenen Übereinstimmung in seinen Gedichten festzuhalten in klaren einfachen Worten.

the light – the shade

bright
white

dark
black

bright
white

dark
black

dark
black

dark
black

bright
white

bright
white

bright
white

dark
black

bright
white •

dark
black

dark
black

dark
black

bright
white

–

black
black

white
white

black
black

white
white

white
white

white
white

black
black

black
black

white

black
black

white

white
white

black
black

white

–

be
yond

white

with
in

white

be
yond

white

with
in

a
bove

white

be
low

white

be
yond

white

with
in

light

at
the

high
est
point

of
white
ness

dark

at
the

low
est
point

of
dark

light

at
high
est

dark
at
low
est

light

&
dark

at
high
&
low

white's
white
ness

black's
black
ness

red's
red
ness

blue's
blue

blue's
blue
ness

red's
red
ness

black's
black
ness

white's
white

black
black

white
white

red
red

blue
blue

red
black

blue
white

white
black

red
blue

black
black

white

red
red

blue

black
black

white
white

red

blue

wir
y

white

slack

black

bright
white

dim

bright
white

dim

dim
white

dim
white

dim
white

bright

from
a
white

to
a
black

from
a
black

to
a
white

from
a
white

to
a
black

from
a
black

to
a white

from
a
black

to
a
black

from
a white

to
a
white

from
a
white

to
a
black

from
a
black

to
a
white[20]

Spielerisch setzt Robert Lax Licht und Schatten, schwarz und weiß gegeneinander, spielt mit Gegensätzen, läßt Gegensätze miteinander spielen, läßt Gegensätze zusammenfallen. Für Lax liegt in diesem Spiel der Fingerzeig auf eine im Universum wirkende Harmonie. Es ist die mystische Erfahrung der Welt, die beide Pole als Teil eines Ganzen begreift – für Lax ein Weg, Gegensätze zu überwinden.

Lax wirft Ballast ab, Wortballast – nach James Joyce' Empfehlung, man solle schreiben, als ob man ein Telegramm schicken wolle und jedes Wort Geld koste, oder nach Ad Reinhardts Devise »weniger ist mehr« und nach Mertons Rat, auf die Sparsamkeit der Mittel zu achten. Aber auch in seinem Alltag versucht er, diesen Leitgedanken zu verfolgen. Doch Besitzlosigkeit paßt nicht in eine moderne Großstadt, Wunschlosigkeit steht in absolutem Widerspruch zu dieser Welt, in der Konsum alles ist. Außerhalb der Zeit zu leben will nicht gelingen in New York. Die Stadt belastet, stört.

Statt zu resignieren macht sich Lax auf die Suche nach einer Welt, in der er die Ruhe findet, die nötig ist, um seinem Anspruch an Leben und Arbeit, künstlerische Arbeit, zu genügen.

Er ist unterwegs, und fühlt sich zu Hause bei denen, die wie er fast immer unterwegs sind. In Hollywood, bei Drehbucharbeiten für den Film »The Siren of Atlantis« ist es ihm am wohlsten bei den Nomaden, den nordafrikanischen Tuaregs, die dort für diesen Film ihre Zelte aufgeschlagen haben.

1951 reist er nach Paris. Durch seinen Freund Robert Burford lernt er die literarische und künstlerische Szene der Seinemetropole kennen. Lax vertritt die Auffassung, daß Künstler sich angesichts der Schrecken des 2. Weltkriegs für Frieden, Gerechtigkeit und Liebe engagieren sollten, im Sinne von Thomas von Aquin. Gerechte Kriege gibt es für ihn nicht. Er faßt den Plan, eine kleine Zeitschrift mit dem Titel PAX herauszubringen. Sein fundamentaler Pazifismus braucht ein Podium. Henri Matisse, Marc Chagall, Fernand Légér und André Breton versprechen, Beiträge zu liefern. Weil aber die Druckkosten immens sind, wird das Projekt aufgeschoben bis zu seiner Rückkehr nach New York.
PAX erschien, als gefaltetes Blatt, vierseitig und in verschiedenen Formaten von 1956 bis 1962 in New York, auf Restpapier der Zeitschrift JUBILEE, die Robert Lax ab 1953 mitherausgab. 18 Nummern wurden gedruckt. Ad Reinhardt bestritt die erste Nummer, Jack Kerouac, E. E. Cummings, Ernesto Cardenal, Marc van Doren, Thomas Merton und natürlich Robert Lax die folgenden.

Lax reist von Paris weiter nach Marseille. Entschlossen, für den Frieden zu arbeiten, verschenkt er alle unnötige Kleidung an zwielichtige Gestalten. Er teilt mit ihnen sein Zimmer und sein karges Essen. Warum? Er zitiert das Beispiel von dem Stein, den jemand ins Wasser wirft und der Wellenkreise aufwirft, die sich fortpflanzen. Dieses Bild benützt auch Krishnamurti – es mag als Hinweis gelten auf den Einfluß, den sein Onkel Henry Hotchener auf beide Denker hatte.

Ein Jahr danach, 1952, ist er wieder in Marseille. (Zehn Jahre später wieder: dieses Mal als reisender Berichterstatter für JUBILEE. Zufällig trifft er Allen Ginsberg und dessen Freund Peter Orlovski, die auf dem Weg nach Indien sind. Kerouac überreicht ihm in seinem Hotelzimmer ein Exemplar des soeben erschienenen »Kadesh«. Dann begleitet Lax die beiden zum Bahnhof und bestellt im Bahnhofscafé eine Portion Eis und drei Löffel.)

Das Marseille-Buch, aus dem Gedächtnis aufgezeichnet, wurde 1996 in »Love Had a Compass« veröffentlicht.

1952 fährt Lax von Marseille aus weiter nach Rom, wo er bei den Trappisten unterkommt. Ziemlich abenteuerlich ist ein mißglückter Besuch beim Papst, wo er und seine Begleiter von der Schweizer Garde aus dem Audienzsaal geführt werden, da sie mit ihren auf Schleichwegen erworbenen Eintrittskarten in einer Besuchergruppe als nicht zugehörig auffallen.
Der Aufenthalt bei den Trappisten ist von kurzer Dauer: der Prior des Klosters legt Lax nahe, wieder auszuziehen, weil sein dauerndes Tippen störe.

Zum ersten Mal in seinem Leben hat er keinen Groschen mehr in der Tasche, nachdem er die letzten ausgegeben hat für ein Telegramm nach Paris mit der Bitte um Geld (das dann nicht eintraf). Der chilenische Maler Matta überläßt ihm nachts sein Atelier in der Via Margutta 17 zum Schlafen. Die Tage verbringt Lax mit Warten. Wartet er auf ein Wunder, das seine finanzielle Notlage ändern würde? Auf den auf Plakaten angekündigten Zirkus? Er sitzt, barfuß in den Schuhen, auf der spanischen Treppe und wartet, und er schreibt über das Warten. Er bemerkt, wie wichtig eine Tätigkeit wie Warten in seinem Leben ist, warten und suchen. Das ist es, was er neben allen anderen Tätigkeiten immer tut. Zwar ändert sich die Art des Wartens von Zeit zu Zeit und je nach Lebensabschnitt, aber im Warten, sagt Lax, wird man sich seiner selbst bewußt. Man erfährt dabei etwas über sich selbst – eine Erfahrung, die man nicht vermitteln kann, die jeder für sich selbst machen muß.

Als der französische Alfred Cort Zoo Circus endlich eintrifft, ist er von morgens bis Mitternacht dort und kennt bald die ganze Zirkuscrew. Als der Circus dann weiterzieht nach Populi und Pescara, fordern ihn der französische Clown, der Zwerg und der schwedische Jongleur wie erhofft auf, mitzukommen.
Er reist mit, hoch oben auf dem Lastwagen, in den Falten des Zirkuszelts.

Das Zirkustagebuch »Rom« ist, wie »Die Reise nach Pescara«, bislang nicht veröffentlicht.

Seine Aufzeichnungen über das Winterquartier dieses französischen Zirkus bei Paris liegen unveröffentlicht in Zürich bei seinem Verlag, im Archiv an der Columbia-University oder in einem der vielen Kartons oder blauen Mülltüten, die voller Manuskripte unter seinem Tisch stehen in seinem Wohn-/Schlafzimmer auf Patmos. Er hat sich nie sonderlich um die Veröffentlichung seiner Werke gekümmert.

what do you most
wish for
in all this world?

am i supposed
to wish
for something?[21]

Der Zirkus zieht sich wie ein roter Faden durch das Leben von Robert Lax. Mit allen, die sich auf dieser Welt nicht allzu fest verplant und unbeweglich niedergelassen haben, fühlt sich Robert Lax verwandt. Dazu gehören auch die Zigeuner, von deren Sprache er sich einige Worte angeeignet hat, damit er leichter mit ihnen ins Gespräch kommt, und die »Weltraumzigeuner«, wie Lax sie nennt: die russischen Kosmonauten und die amerikanischen Astronauten. Zu deren jährlichen Treffen hatte er als Fotograf Zugang gefunden. Er kennt sie fast alle, und die russischen Kosmonauten sind für ihn im Gegensatz zu den technisch-akademischen Amerikanern eher Romantiker und erinnern ihn an Clowns. Monatelang allein im Weltraum, das sind Erfahrungen, von denen ein Mönch oder ein Mystiker nur träumen kann, sagt Lax.

Robert Lax selbst hat sich nirgendwo für immer niedergelassen. Er hat seinen Koffer immer gepackt.
Auch nachdem er 1964 endgültig New York den Rücken gekehrt und sich nach Griechenland zurückgezogen hatte, wechselte er immer wieder den Ort, die Insel, das Haus. Doch wenn ein Zirkus nach Athen kam, nahm er die Beschwerlichkeit einer zwölfstündigen Schiffsreise auf sich und verbrachte seine Tage mit den Zirkusleuten. Überall trifft er auf alte Freunde.

Er ruht in sich, der Wortejongleur, und diese innere Ruhe und Abgeklärtheit ist Voraussetzung für seine Kunst, mit Worten zu spielen.

whatever you have
to say
will get itself
said

don't worry

who worries?

that's all i'm
telling
you:
don't[22]

II. 21 PAGES

Portraits Of A Moment

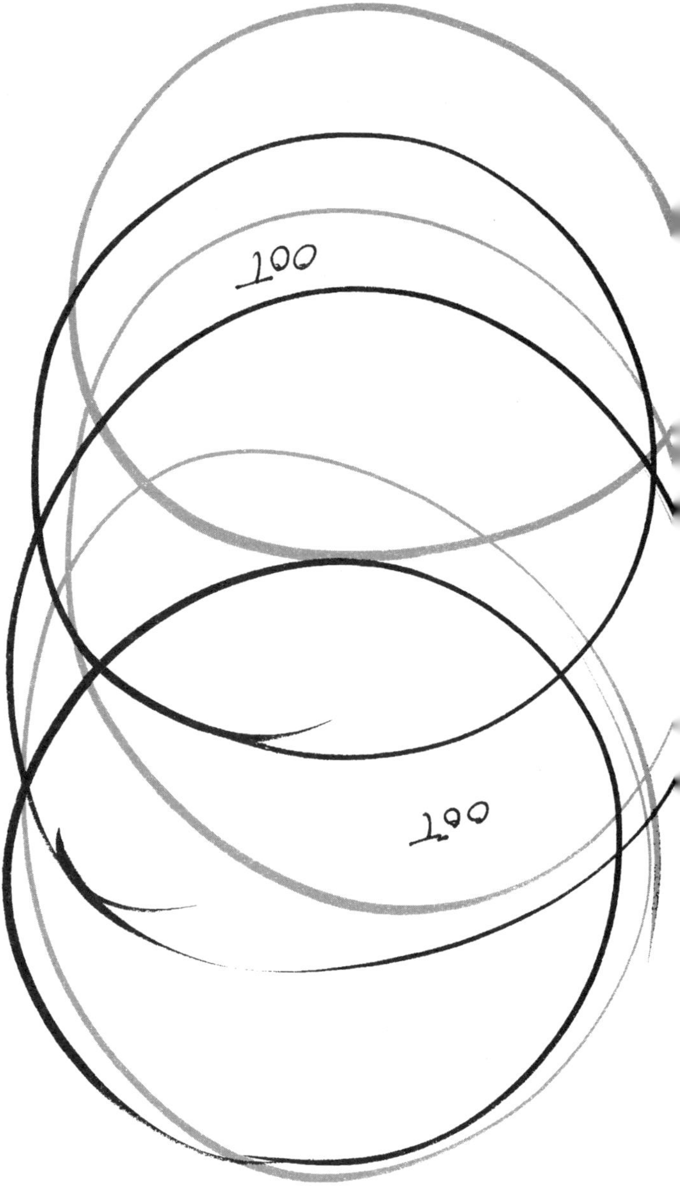
100
100

hurry
up
hurry
up
hurry
up

slow
down
slow
down
slow
down

hurry
up
slow
down

hurry
up
slow
down

hurry
up
hurry
up

slow
down.[23]

Robert Lax verweigert sich seit langem den Aufforderungen unserer hektischen Welt zur Beschleunigung. Schon lange vor Virilios kritischer Auseinandersetzung mit der Geschwindigkeit setzte er sein ›slow down‹ gegen das Tempo und die Betriebsamkeit der modernen Großstadt, entschlossen, die Hektik nicht mitzumachen. Ganz bewußt, aber auch nur ganz privat leistete er Widerstand, war Sand im Getriebe. Sein Leben lang hat er geradezu trainiert, alles möglichst langsam zu machen.

So wartete Robert Lax einmal in einer Taverne auf einer griechischen Insel auf ein Schiff. Als er zum Hafen kam, sah er, wie gerade die Taue losgemacht wurden. Ohne seinen Schritt zu beschleunigen ging er in Richtung Fähre weiter.
Der Kapitän erklärte ihm an Bord, er habe nur deshalb auf ihn gewartet, weil er so überaus langsam gegangen sei – wenn er gelaufen wäre, hätte er mit größtem Vergnügen ohne ihn abgelegt.

Durch diese bewußte Langsamkeit gelang es dem Dichter, in seinen wortkargen Gedichten, Episoden, Fabeln und Tagebuchaufzeichnungen eine Unzahl kostbarer Momente einzufangen, Momente außerhalb der Zeit, außerhalb unserer Zeit, blitzende Partikel eines unsere Zeit übergreifenden Kreislaufs, die – und das ist für Leser und Hörer das Überwältigende – immer und jederzeit für alle und jeden abrufbar sind. ›Portraits of a moment‹, Momentaufnahmen, könnte man viele der Gedichte und Aufzeichnungen von Robert Lax überschreiben.

Als Robert Lax 1939 in der Werbeabteilung von Radio CBS arbeitete und an einem sonnigen Frühlingstag in der Eingangshalle stand und beobachtete, wie alle, die Jobs hatten und mit ihm auf den Aufzug warteten, ständig auf ihre Uhr schauten, schwor er sich, nie mehr eine Uhr zu tragen.

Damals hatte sich Robert Lax längst schon auf die Suche gemacht nach jenen Momenten außerhalb der Zeit, die so stark sind wie jener in einer Regennacht, an den er sich zu Beginn seiner poetisch-fantastischen Autobiografie ›21 pages – 21 seiten‹ erinnert und über den sich eigentlich gar nichts besonderes sagen läßt:

> *Something I remember about standing in the rain, on the street, upright, of course, and in the driving rain. Not driving, a vertical downpour. Night and under a light in the downpour of rain. Did I ask any questions then? Did I see a face? I was absolutely alone on the street. Alone. I was part of the rain. Not part of the rain, part of the moment the rain was about. I knew where I was. I knew what I was doing, I knew what the rain was doing. There was nothing particular about it to recall.*[24]

Er stand im Regen, nachts, auf der Straße, unter dem Licht einer Laterne. Völlig allein. Eins mit dem Augenblick, ganz Regen. Er, der so viel und alles hinterfragte, hatte plötzlich keine Fragen mehr. Ein unvergeßlicher, starker Moment, in dem alles unwichtig wurde, auch die Zeit. Er wußte, wo er stand und was er tat. Trotzdem war eigentlich nichts Besonderes geschehen ...

Diese Augenblicke der inneren Ungespaltenheit, in denen unser Bewußtsein aufhört, Beobachter zu spielen und nicht mehr sogleich kritisiert, bewertet und einzuordnen versucht, was geschieht, sind so beeindruckend, daß Dichter aller Zeiten sie als großartige Erlebnisse poetisch festzuhalten versuchten. Selbst die Wortgewaltigen berichten, daß ihnen diese Augenblicke der Stille die Sprache verschlagen haben. »Und so stand mein Geist geblendet in höchster Verwunderung bewegungslos, still und gespannt, und meine Verwunderung flammte weiter, während ich in Erstaunen erstarrte«, sagt Dante.
»Die Uhr meines Lebens holte Atem« ist ein Bild von Nietzsche. In der Stille des Augenblicks erscheint die Welt vollkommen.

In die Stille hineinhören ohne Angst vor Leere – bei Mystikern und in fernöstlichen Religionen ist das Methode. Stille spricht, eloquente Stille ist für sie kein Widerspruch in sich. Es ist die Kommunikation mit dem Universum, die Stille bewirkt, oder umgekehrt. Menschen, die diese mystische Erfahrung des Einsseins mit dem Kosmos zufällig machen, haben oft – wie Robert Lax – ein ganz natürliches Bedürfnis, diese Augenblicke außerhalb von Zeit und Raum immer wieder aufzuspüren. Das dichterische Werk von Robert Lax zeugt von diesen Erfahrungen.

When the wind blows, I listen to the wind; when the rain falls, I listen to the rain. I sift through the sounds to see if there's another. To see if there's one I can cling to and call my own. Nothing so far.

I open my eyes in the dark and see darkness. I close my eyes and see darkness, even in the light. All the same darkness. Almost the same. Light comes and goes, but the darkness stays. Almost always the same. A fairly steady darkness. One you can count on. Almost.

Sounds come and go, but the silence remains. Silence, unbroken, except for occasional noises. The substance is silence, dark silence. There's always some stir, some light, some sound, then they stop, and there's only dark silence.

I wait in the dark, in the rain, no sound but the rain. Waiting, not waiting, doing nothing but waiting. Does the darkness move? Does the silence move? They don't, and neither do I. Are they waiting? I have no way of knowing.[25]

Durch nichts unterbrochene Stille. Gelegentliche Geräusche stören sie nicht. Warten und Nicht-Warten sind eins. Bewegt sich das Dunkel, die Stille? So wenig wie er sich bewegt.

Dunkelheit ist undurchdringliches Chaos auf dem Weg zur Verdichtung, zu einer Ordnung, einer Übereinstimmung, einer Form.

Es sind, wie Lax schreibt, Augenblicke, die vorbeiziehen wie Gleichnisse, oder Augenblicke wie Perlen auf einer Schnur, Tropfen auf einer Leine, Regen auf einem Zweig. Eine Million völlig verschiedener Augenblicke machen das Ganze aus, sagt Lax.

Was ist, wenn nichts ist und wenn du nichts bist? In diesen wirklich stillen Augenblicken stößt du vielleicht auf die Quelle all dessen, was in dir und um dich herum ist.

Er stellt in Frage, ob es so etwas wie Zeitlosigkeit gibt. Aber daß er eine Zeit kennt, die länger ist als die, die sein Körper wahrnimmt, dessen ist er sich sicher. Als ob er jenseits vom Augenblick ein ewiges Ganzes geworden sei, so bewege er sich in der Zeit. Er sehe jeden Gegenstand in seiner Beziehung zu einem Zeitlosen, sagt Lax.

Diese Augenblicke außerhalb der Zeit werden ihm so wichtig, daß er sich vornimmt, diese, wie er sagt, wahrscheinlich bedeutungslosen Augenblicke zu besingen: ›Portraits of a Moment‹, Momentaufnahmen.

Es verwundert nicht, daß er sich schon früh hingezogen fühlte zu Mystikern wie Johannes vom Kreuz, Nicolaus von Cues, Thomas von Aquin, Franz von Assisi ... Er spricht von einer natürlichen Verwandtschaft, die er schon als junger Mann zu diesen Denkern verspürte.

I don't know if it waits, but I think it moves. The darkness does. There are masses of it, masses in it, and they shift. A silent moving of force against force, mass against mass. A feeling of chaos, too. Not total chaos.

Movement of dark things in darkness, looking for order. Looking for some relief from total, all but total, chaos. Dark things moving in darkness, trying to find some kind of adjustment, some form of order. I look into the dark and see darkness, no more light than at the half-imagined edges of these dark objects. Darkness made up of objects slowly turning, jostling and turning, slowly turning, trying to discover some kind of accord.[26]

Wenn man vor den monochrom schwarzen Tableaus steht, die sein Freund Ad Reinhardt in den letzten Jahren seines Lebens malte, geschieht einem etwas Ähnliches wie dem nachts im Regen stehenden Lax: man wird in die Dunkelheit seiner Bilder geradezu hineingezogen, bis im scheinbaren Chaos Formen wahrnehmbar werden, Quadrate, Streifen. Eine harmonische Ordnung, die sich nur dem meditativen Betrachter erschließt. Diese späten Bilder Ad Reinhardts können, wie Robert Lax sagt, den Spiegel vor dem Bewußtsein für einen Augenblick verschwinden lassen, und es für eine Weile dorthin lenken, wohin es zielen sollte, wie im Fadenkreuz eines Zielgeräts: nicht auf Äpfel, nicht auf Landschaft, nicht auf dies, nicht auf das: auf null, auf greifbares Nichts.

Ein Nichts, das auch Alles ist. Wie notwendig es ist, ins Dunkel hineinzugehen und das Zusammenfallen von Gegensätzen zuzugeben, wußten Lax und Ad Reinhardt nach der Lektüre der Werke des Mystikers Nicolaus von Cues.

Etwas, das einfach so ist, wie es ist, ist wunderbar, sagt Lax. Etwas, das in eine unveränderliche Form gebracht wurde, kann kaum wunderbar sein. Ein Kunstwerk ist ein Kunstwerk.

40 Jahre dauerte die Freundschaft mit Ad Reinhardt und ebenso lange die mit Thomas Merton. Beide Freunde waren starke Persönlichkeiten. Ad Reinhardt las ihm gewöhnlich seine Texte vor. Er sei so ernst und überzeugt gewesen von dem, was er schrieb, daß Lax nur zuhörte und nicht diskutierte. Außerdem wäre Lax leicht mit zwei absolut konträren Vorstellungen einig gewesen: er brauchte nur lange und tief genug darüber nachzudenken. Für diese Eigenheit, die für Mystiker ganz normal ist, hätte Lax im College fast Prügel bezogen, wie Merton berichtet.

Mit Thomas Merton verband ihn ein gemeinsames Interesse für mystisch-religiöse Erfahrungen aller Kulturen. Merton beschreibt Lax in seinem Bestseller ›Der Berg der sieben Stufen‹ als »eine Art Verbindung von Hamlet und Elias. Ein Prophet in potentia, aber ohne Zorn, ein König, aber auch ein Jude. Ein Geist mit wundervollen, subtilen Eingebungen, der täglich weniger darüber zu sagen wußte und immer mehr auf jede Äußerung verzichtete. Sein Zögern, dem jede Hemmung und Erregung fehlte, zeigte sich häufig dadurch, daß er seine langen Beine auf sieben verschiedene Arten um einen Stuhl herumwand, während er mit dem ersten Worte rang. Am besten gelang ihm das Sprechen, wenn er auf dem

Boden saß. Das Geheimnis seiner Beharrlichkeit und Festigkeit lag nach meiner Ansicht in einer Art natürlicher, instinktiver Geistigkeit ...
Sein Geist besaß von Natur, von der Wiege an, eine Art Verwandtschaft mit Hiob und dem heiligen Johannes vom Kreuze. Und heute weiß ich, daß ihm der Hang zur Kontemplation in einem ihm selbst unbegreiflichen Maße angeboren war. Mit einem Wort: Selbst jene, die ihn für ›allzu unpraktisch‹ hielten, verehrten ihn – wie Menschen, die auf materielle Sicherheit bedacht sind, unbewußt jene verehren, die sich nicht fürchten vor der Unsicherheit.«[27]

Das Nomadengefühl sitzt tief. Ebenso tief sitzt das Gespür für die Vergänglichkeit der Zeit.

In ›21 pages‹ geht der Ich-Erzähler mit Humor und gespielter Naivität zu dem Mann, der für Zeit und Zeitmaß zuständig ist: zum Uhrmacher, zum Sanduhrmacher.

Er nimmt Arbeit an bei dem Mann, der die Zeit ständig greifbar vor Augen hat, der das Stundenmaß sozusagen festlegt.
Die weißen Mokkatässchen, die der Gehilfe dem Meister in unregelmäßigen Abständen bringt, kommen oft zur Unzeit. Lax träumt oder hört in die Stille hinein – und das ist seine Hauptbeschäftigung. Die Stundenuhr, die der Tod in Händen hält, vor dem inneren Auge.

I found work at last: watch-maker's assistant. Clock-maker's, rather. I brought him the sand. He fashioned the globes and measured the hours. I brought him miniscule white cups of coffee too: not every hour, by any stretch, and not often even on time. But it was a job, a means of livelihood of sorts, that didn't interfere with my real work, my continuing preoccupation. Or hardly ever did. He didn't like dreaming; he did like the sound of feet running. What he got in the hours, days, nights and what must have been months I was with him was a little of each.

Some running, some standing and dreaming. More running. More standing, sitting, or leaning against the doorframe, obviously dreaming. It was, as I've said, a livelihood; not rich, not an inch above subsistence, but enough to let me continue in my chosen way.[28]

Traumsicher in Bilder umgesetzte Realität. Bilder, die eine innere Entwicklung nachzeichnen und mit der äußeren Wirklichkeit von Robert Lax nur indirekt zu tun haben. Eine innere Biografie.

Was heißt Zeit verschwenden?
Wofür soll er seine Zeit einsetzen?

Das Problem Zeit und der Job als Filmkritiker bei der TIME 1945/46 werden in den ›21 pages‹ poetisch verknüpft. Zeit, in Sand oder nach der Regelmäßigkeit der Kaffeetassen gemessen. Es war eine Arbeit, bei der Lax gezwungen war, auf die Uhr zu schauen und doch viel Zeit hatte zum Träumen.

Der zu Beginn des 2. Weltkriegs knapp 25 Jahre alte Robert Lax macht sich auf die Suche nach etwas, was seine Zeit wert ist.

Noch war sein Weg unbestimmt, aber verfolgbar.
Er beschreibt Nächte, in denen er sich im Bett aufsetzte mit geschlossenen oder offenen Augen und ins Dunkel horchte, ins Dunkel starrte, so aufmerksam wie möglich, ganz bereit, jede Veränderung der hellen, aber meist dunklen Formen im Dunkel wahrzunehmen. Dieses Aufpassen konnte Stunden dauern, eine oder zwei, eine, zwei oder drei, manchmal bis kurz vor Morgengrauen, bis er sich schließlich für eine Stunde Schlaf hinlegte. Je länger er in der Nacht gewacht hatte, umso langsamer lief er am nächsten Tag nach Sand und Kaffee. Je weniger er nachts geträumt hatte, umso mehr träumte er am Tag: wenn er stand, saß, herumhing, sich anlehnte, herumlungerte auf Kosten der Zeit und des Arbeitsplatzes seines Meisters. Die Situation mußte eines Tages ein Ende finden, allmählich oder plötzlich, in gegenseitigem Einverständnis, und noch ehe viele Tage, Wochen, Monate vorüber waren, war es soweit.

My way at that time was ill-defined, but pursuable. There were nights, midnights, when I could sit up alone on the cot he'd assigned me, eyes closed, eyes open, to watch, to wait, hardly breathing, fully alert, as alert as I could be, to any change in the dark's part light but mostly dark configurations. This watching might go on for hours, one or two, one, two or three, sometimes till just a moment or two before dawn, till at last I'd lie down again for an hour's sleep. The longer the long night's watching, the slower the next day's running for sand and coffee. The less dreams by night, the more by day: standing, sitting, listing, leaning, mooning about on the master's time and premisses. The situation was bound to end one day, gently or abruptly by mutual accord, and before many days, weeks, months had gone by, it did.[29]

Er gab diese Jobs auf, denn er fand nicht, was er zu finden hoffte. Die Suche ging weiter ... intensiver sogar in den Monaten des Fastens und der Entbehrung, die folgten. Das Bett war weg, aber die ganze Welt war sein Strohsack. Wo er auch schlief, oder nicht schlief, war jetzt sein Revier. Er habe vergessen, wie viele und was für Plätze er fand: Alles wurde zum Unterschlupf. Er brauchte nicht viel. Das Wetter war mild und er hatte sich an die Härten einer ungepolsterten Existenz gewöhnt. Seine Beobachtungsgabe war in der Zwischenzeit schärfer geworden. Er konnte auch im Dunkeln sehen. Er konnte wesentlich tiefer ins Dunkel sehen als zuvor.

The situation ended, that is, the job did, but not for a moment my underlying pursuit, if anything it intensified in the months of physical fast and privation that followed. The cot was gone, but the world had become my pallet. Wherever I slept or slept not was now my preserve. I've forgotten the number and kinds of places I found: whatever was shelter. I didn't need much. The weather was clement and I'd grown accustomed to the rigors of un-cushioned existence. My observatory powers in the meantime had grown keener. I could see in the dark. I could see much further into the dark than before.[30]

Die existentielle Unsicherheit sieht Lax auch im nachhinein noch positiv: Damals, in jenen Nächten, in denen er unter Brücken, auf Bänken, unter Bäumen, in Scheunen oder auf Kirchentreppen schlief (oder nicht schlief), sah er, wie er sagt, mehr als je zuvor.

I saw more then than I had before, and more than I see now, in my present state. My fallen state. But I'm getting ahead of my story, if that's what it is.

My fallen state, if that's what it is. My dark night of the soul, if that's what it is. My long night's waiting, if that's what it is. I saw a lot more then, on those nights of sleeping, not sleeping under bridges, sleeping, not sleeping on benches, under trees, in barn or on church step than I'm seeing now. No matter. I continue to watch.[31]

Er fährt fort hinzuhören, hinzusehen, und nur das zählt. Wenn überhaupt etwas zählt. Etwas zählt mit Sicherheit, die Frage, die er sich immer öfter stellte, ist: wer zählt? Er? Ja. Aber irgendwer sonst? Zählt irgendwer sonst im Universum was geschieht? Weiß irgendwer sonst, worauf es ankommt? Schert sich irgend jemand darum, schert es irgend jemand ganz persönlich? Warum sollte er danach fragen, solange es für ihn selbst zählte.

Es zählte. Schien zu zählen. Er schien wissen zu wollen, was vor sich ging. Von einem Augenblick zum andern. Warum es geschah. Was zählte, von einem Augenblick zum andern. Er wollte es wissen. Schien es wissen zu wollen. Schien wissen zu wollen, worum es im ganzen oder sogar, worum es im Einzelnen ging.

I continue to watch, and that's what counts. What counts, if anything does. Something does, but the question I more often ask myself is who counts it? Do I? I do. But does anyone else? Does anyone else in the universe count what happens? Does anyone else in the universe know what matters? Does anyone care, I mean, personally care? Ah, well, why get into that, as long as I do.

And I do. Seem to. Seem to want to know what's going on. From moment to moment. Why it's going on. What counts, from moment to moment. I want to know. Seem to. Seem to want to know. Seem to want to know what it's all, or even, what any small part of it's about.[32]

›21 pages‹, das sind 21 beschriebene Seiten, 21 Manuskriptblätter innere Biografie. Geschrieben ohne Unterbrechung in einer einzigen Nacht, beim Licht einer Taschenlampe, in Bildern, die das Alltagsleben umsetzen wie Träume.

Eine Weile arbeitete er für einen Schausteller. Er brachte ihm den Karton. Der Meister schnitt die Figuren aus. Der Gehilfe lief nach Öl und füllte die Lampen. Nachts bewegten sich seine Schatten über die Leinwand. Kinder im Zuschauerraum schrien vor Vergnügen, er aber zitterte. Nach den ersten Abenden schon sah er nicht mehr hin. Die Stücke waren zumeist Lustspiele, aber nicht lustig für ihn. Zu viele der dargestellten Figuren wurden enthauptet oder fast enthauptet. Zu viele harte Kinnhaken.

Das war nicht die Umgebung, in der er wachsen konnte. Er sagte es dem Chef, auch wenn er nicht wußte, ob der es verstehen würde. Nach einer Anzahl von Tagen, Nächten, Wochen, Monaten fand ihre Zusammenarbeit ein Ende, und er war wieder auf sich selbst gestellt. Und wartete immer noch.

> *I worked for a while for an entrepreneur. I brought him the cardboard. He cut out the forms. I ran for the oil; he filled the lamps. At night his shadows moved across the screen. Children in the audience screamed with delight, but I trembled. After the first few evenings I didn't watch at all. The works were comedies mostly, but not for me. Too many characters beheaded, or almost beheaded. Too many hard slaps delivered to the jaw.*
>
> *It wasn't the proper environment for me to grow in. I told him so, not knowing whether or not he would understand. After a number of days, nights, weeks, months, the arrangement came to an end, and I was left on my own again, still waiting.*[33]

Das ist Hollywood – in der inneren Biografie von Robert Lax. Seine Drehbucharbeit in den Metro Goldwyn Studios 1946/47. Verdichteter umgedichteter Alltag. Für den Regisseur Arthur Ripley hatte er bei einigen Filmen mitgearbeitet. Zum Film ›Siren of Atlantis‹, nach Pierre Benoits Roman ›Atlantide‹, schrieb er, zusammen mit Rowland Leigh, das Drehbuch.
Realität eines Träumers?

Eine Weile arbeitete er für einen Drucker. Er brachte ihm das Holz. Der Boss schnitzte die Buchstaben, setzte sie aneinander und schwärzte sie ein. Hin und wieder im Verlauf eines Tages brachte ihm der Gehilfe auch Wein und eine Handvoll Mandeln. Er wußte nicht, worum es in den Romanen ging, aber die Arbeit war nicht aufregend. Er wäre für immer bei ihm geblieben, wenn der Drucker nicht festgenommen worden wäre. Der Gehilfe war gerade unterwegs, um Wein und Mandeln zu holen, als die Beamten kamen. Die Werkstatt war leer, als er zurückkam. Überall auf dem Boden Buchstaben und Druckerschwärze.

I worked for a printer for a little while.
I brought him the wood. He cut out the
letters. He'd line them up and we'd
smear them with ink. I brought him
wine, too, and a handful of almonds
every so often throughout the day.
I don't know what his novels were about,
but the work was peaceful. I'd have
stayed with him forever if he hadn't
been arrested. I was out for wine and
almonds when the authorities arrived.
The shop was empty when I returned.
Letters and ink all over the floor.[34]

Ein poetischer Rückblick auf Robert Lax' Alltag in den Redaktionen von Zeitschriften wie dem NEW YORKER und der TIME in den 40er Jahren.

Die Arbeit hatte nichts, oder nicht genug, mit ihm selbst zu tun.

Wieder zurück auf die Straßen, in die Parks, auf die Kais. Wieder stehen und schauen, Vorübergehende beobachten und nicht beobachten. Ausschau halten nach einem Gesicht. Einem Gesicht in der Menge. Einem besonderen, das er erkennen würde, und zwar auf besondere Weise. Glaubte er, er würde es finden? Wußte er, er würde es finden? Er wußte, daß er nur mit einer Sache beschäftigt war: Ausschau zu halten. Schauen und schauen.

Und wieder Nächte des Schauens, nach außen und innen; ohne zu wissen, in welche Richtung er blickte, abwartend und schauend. Wieder die Nachtwachen, Tagwachen und Nachtwachen. Von der Abenddämmerung bis zum Morgengrauen, vom Morgengrauen bis zur Abenddämmerung. Von Mittag bis Mitternacht. Er sagt nicht, daß er nicht müde geworden wäre. Er wurde müde, aber er gab nicht auf.

back to the streets, the parks, the quays. Back to standing and looking, watching, not watching the passersby. Looking for a face. A face in the crowd. A particular one that I'd recognize and in a particular way. Did I think I'd find it? Did I know I'd find it? I knew I was engaged in just one thing: in looking. Looking and looking.

And back to nights of looking, outward and in not knowing which way I'm looking, but waiting and looking. Back to the night-watch. Day-watch and night-watch. Dusk to dawn, dawn to dusk. Mid-day to midnight. I don't say I didn't tire: I did. I tired, but I didn't give up.[35]

Immer häufiger führten ihn seine Reisen nach Europa, immer wieder verbrachte er seine Zeit beim Zirkus oder war mit dem Zirkus unterwegs.

Er gab nicht auf, weil er nicht aufgeben konnte. Er war dazu geboren, zu warten. Man kann nicht aufgeben, wofür man geschaffen ist. Man kann nicht aufgeben, zu sein wer man ist, resümiert Lax.[36]

JUST
MID
NIGHT

&
THE
RAIN

BE
GINS
TO
SPEAK
A
GAIN

AN
OTH
ER
MES
SAGE

TO
THE
HILLS

A
LAST
IN
STRUC
TION

TO
THE
GRASS.[37]

Robert Lax hat nie versucht, so zu sein wie die andern. Hatte er Vorbilder? Er hatte die Fähigkeit, von andern zu lernen. Offen, unvoreingenommen, scheint er immer in jedem das zu finden, was ihm auf der Suche nach sich selbst weiterhilft.

Die Begegnung mit Brahmachari war wichtig, dem jungen hinduistischen Mönch, der sich von Kalkutta aus zu Fuß zum ökumenischen Weltkongreß in den USA auf den Weg gemacht hatte und mit zwei Jahren Verspätung 1938 dort eintraf. »So ganz Mönch wie ein Vogel Vogel ist«, beschreibt ihn Lax.
Lax und sein Freund Thomas Merton gewährten ihm verbotenerweise einige Monate lang Unterschlupf in ihren Zimmern im Studentenwohnheim der Columbia University.
Brahmachari betrachtete die amerikanische Gesellschaft mit den Augen eines Fremden, und er veränderte damit ungewollt den Blickwinkel der beiden Studenten, die vieles, was sie bis dahin noch für selbstverständlich hingenommen hatten, zu hinterfragen begannen. Ganz ohne Sarkasmus waren die Bemerkungen Brahmacharis, ohne Ironie. Er bewertete nicht, stellte nur fest und brach in Lachen aus, das nichts anderes als seine völlige Verwunderung ausdrückte über die Art und Weise, wie er die Menschen dort leben sah. In seinem weißen Gewand, erbsengelben Umhang, gelben Turban mit in rot aufgestickten Gebetsformeln und den blauen Turnschuhen war er ein Bote aus einer fremden Welt. Daß Brahmachari keinen Cent besaß und sich trotzdem nicht im geringsten Sorgen machte oder verzweifelt war, sondern gar eine ungeheure Ruhe ausstrahlte, machte auf die jungen Freunde Lax und Merton einen tiefen Eindruck. Er ruhte so völlig sicher in sich selbst und bewegte sich so vertrauensvoll, als ob er einen direkten Draht zum Himmel

habe und ihm die ganze Welt offenstehe. Seine Aufrichtigkeit und Wärme waren wie Signale aus einer anderen höheren Sphäre. Brahmachari kümmerte sich nicht um Politik. Lax hatte, wie er sagt, das Gefühl, daß es für Brahmachari so etwas wie eine zeitlose Welt gab, in der wir alle existieren und in der sich, wenn wir nichts anderes tun würden als ruhig, richtig und gut leben, alles andere von alleine fügte. Für Brahmachari war spirituelles Leben das einzig mögliche. Er lebte im Augenblick, im gegenwärtigen Moment. Liebe und Hingabe - Brahmachari verkörperte seine Botschaft, er war, wie Robert Lax sagt, ein wunderbar sanfter Mensch.
Was menschliches Verhalten angeht, hatte Brahmachari sicher prägenden Einfluß auf Robert Lax.

Als eine Fortsetzung der ›21 pages‹, die ursprünglich ein 600-Seiten-Buch werden sollten, ist ein Band mit dem Titel ›psalm‹ erschienen, in dem eine ›homage to wittgenstein‹ enthalten ist, dessen ›Tractatus logicus philosophicus‹ Lax bei Ad Reinhardt kennengelernt und der ihn sehr beeindruckt hatte.

> *no time stood for long; no moment endured forever. each moment proclaimed the business of the moment. in every moment, hidden or manifest, there was a possible fulfillment. each moment made its demand, and each its offer, each was a sphere; each held to its sphericity a moment.*[38]

Lax' Text mit dem Titel ›Tractatus‹ beschreibt die Flüchtigkeit der Zeit und spricht vom »business of the moment«, der Arbeit am und im Augenblick: In jedem Augenblick stecke – verborgen oder offensichtlich – die mögliche Erfüllung, Vollendung. Jeder Augenblick stelle seine Anforderung und halte ein Angebot bereit.

Sich diesen Augenblicken zu öffnen, sie wahrzunehmen, sie voll zu leben und zu erleben wurde Lax zur Lebensaufgabe; diese Augenblicke zu vermitteln Aufgabe seiner Dichtung.

Was Ad Reinhardt als eines der höchsten Ziele seiner Kunst verfolgte, die ›Zeitlosigkeit‹, das erreichen die Gedichte von Robert Lax, wenn sie diese Momente außerhalb der Zeit oder in jeder beliebigen Zeit einfangen und zeitlose Wahrheiten aus dem Alltag herausschälen.

the
red

(grow-
ing
dark)

con
front
ed

the
blue

the
blue

(grow-
ing
red)

con
front
ed

the
red

the
red

(grow
ing
blue)

con
front
ed

the
blue

the
blue

(grow
ing
dark)

con
front
ed

the
red[39]

»Weisheit ist eine Achse für die Welt und bedeutet eine Gnadenfrist für den Gefangenen der Zeit«, sagt Robert Lax

Er bricht aus dem Gefängnis Zeit aus, sucht Antworten auf uralte Fragen und zieht – weise – die Konsequenz aus dem, was er weiß.

What is man? Well, what am I? Could I be
something man is not? Could man be some-
thing I am not? Whatever man is, I am.
And if I don't know what I am, or what man
is, does any man?

What do I mean by asking what I am? I am
what I am; but that's an undefinable being.
Or an undefined one.
If I am what I am right now, I'm not what I
was a moment ago, or what I will be a
moment from now.[40]

Sein Leben ändert sich täglich. Er verdrängt nichts, ist nicht auf der Flucht, sondern auf dem Weg hin zu dem für ihn Wesentlichen, und das steht außerhalb der Zeit. Angesichts unserer Vergänglichkeit hat er sein Leben so eingerichtet, daß der Gegenwart das Gewicht zukommt, das sie verdient.

Do I wish I was out of this world of odd
situations?
I didn't say that.
I only wish I could handle a few
or that someone could handle them for me.

I don't like to think about situations.
I like to think about other things,
the way things are,
the way things grow.

grow & decline
die & come
back to
life[41]

Im Zeichen der ›Beschränkung auf das Wesentliche‹ steht das mönchisch einfache Leben, das Robert Lax führt. Das kleine Haus mit Blick auf den Hafen von Skala, wo er heute lebt, liegt am Rand des Ortes auf halber Höhe und ist ein typisches griechisches Inselhaus, ein weißgekalkter Kubus mit blaugestrichener Tür und blauen Fensterläden. Es ist ans Nachbarhaus angebaut und besteht aus einem Zimmer, einem zweiten ganz schmalen Raum, in dem nur ein Bücherregal Platz hat, Küche und Bad. Dem Wohn-Schlafraum sieht man an, daß da geschrieben wird. Nur das Allernotwendigste hat Anrecht auf einen Platz.
In seinem Tagebucheintrag vom 28. Januar 1985 zählt Lax das Inventar auf:

ein einzelnes zimmer mit wenigen möbeln, ein paar sachen an den wänden, eine anzahl sachen auf zwei tischen und auf einer art sofa, das als tisch dient, ein paar sachen auf dem boden. ein feldbett, ein sofa, drei stühle, zwei tische. zwei teppiche, ein schwerer und ein leichter, ein großer und ein kleiner. eine tischlampe, ein runder elektrischer strahler. ein leuchter aus metall und mattiertem glas, mit drei kleinen mattierten elektrischen birnen in der form von kerzenflammen. auf einem der stühle hockt die schreibmaschine. ihr deckel lehnt aufrecht am sofa. ich sitze mit gekreuzten beinen auf dem feldbett, vor der schreibmaschine auf ihrem stuhl ...[42]

Es folgt eine Aufzählung von Geschenken seiner Freunde.

Lax reflektiert seine Beziehung zu Dingen, Zeit und Raum, in der Tagebucheintragung vom gleichen Tag:

bringing things into line
drawing many things together into a single line
like a mama ship drawing little boats behind it
mama fishing-boat fishing caiqui drawing many little fishing boats lamp boats behind it as it heads out of the harbor for a night at sea, night of spreading the nets and waiting. drawing all things, many things into a single line, spreading nets too, and waiting

dealing with the moment and dealing with past moments, pulling past moments into a single line. past moments yes and present obligations. the present moment and its obligations. the present moment and its invitation.

drawing all things together in a single line. a line of writing, of drawing, line of a bow pulled across the line of a string. line of march, line of life, line of white thread pulled from a spool

pulling things into line, pulling wandering things together in a single direction, a single flow, as brooks find their way to a stream, streams to a river and river to sea

bring things together, many to one, as vertebrae to the back-bone

when things are in line, they speak to each other
when things are in line, they speak to the whole

things are scattered all over the room, are any two related?

they may be related, but little in their present order will tell us how they are

things are in separate piles, but what has one pile to do with the other, and what do they all relate to does anything presently in this room have an absolute right to be here?

it probably makes more sense than at first it appears to and it will make various kinds of sense to various kinds of observer.

i'd like it first of all to make sense to me, and it begins to.[43]

Alles steht in Beziehung zueinander, aber das, worauf es Lax in erster Linie ankommt, ist, daß die Linie, die alles verbindet, für ihn selbst Sinn macht und, so stellt er fest, sie fängt an, Sinn zu machen.

III. JOURNALS

Die mystische Reise um die eigene Achse

UT UT
VERY
OOT OOT
LOVE,
WAGWAGWA

when i left new york for greece i had hoped only to find a quiet place to live for a while and write some poems. quiet and inexpensive. if i could have found an uninhabited island where i could forage for myself, i think i'd have gone there. i did not come looking for people, or for nature, much less for history: just for quiet. i thought i needed it for my work, as a photographer needs a dark-room.[44]

Robert Lax war knapp 50 Jahre alt, als er sich 1964 von New York verabschiedete und sich auf die griechische Insel Kalymnos zurückzog.
Das hektische New York war immer enger und bedrükkender geworden. Was hielt ihn noch in New York? New Yorker Fragen waren nicht seine Fragen, und New Yorker Antworten waren die Antworten, die er zuletzt hören mochte. Er hatte das Gefühl, daß er alle Fragen und Antworten der Stadt schon kannte, und er hatte sie über. Nichts, was die Menschen dort zu sagen hatten, betraf ihn noch in irgendeiner Weise.

Zu geschäftig war die Weltstadt, ihre Bedürfnisse künstlich, das Menschliche war kaum noch aufzuspüren. Lax war nach der Arbeit immer häufiger in griechische Lokale gegangen – der Wirt fragte wenigstens, wie es ihm gehe, nahm in beschränktem Maße Anteil. Er mochte das griechische Essen, die Musik. Eines Abends, mitten im Winter, bot ihm in einem winzigen griechischen Café an der 12. Straße der Wirt, ein alter Grieche, eine Zigarre an. Lax lehnte ab, er rauche nicht. Der Alte bestand darauf, daß er eine Zigarre rauche, und Lax rauchte eine Zigarre. Er komme aus dem Norden Griechenlands, sagte der Alte.
Ein Mensch wie er, Lax, wäre mit Sicherheit in Griechenland glücklicher als in New York.
Er muß dem zurückhaltenden sensiblen Amerikaner angesehen haben, daß er sich in New York nicht sonderlich wohlfühlte.

Unterschwellig hat wohl der Gedanke in Lax gearbeitet, den Rat des Wirts zu befolgen und nach Griechenland zu reisen. Nach einigen Monaten erst fiel ihm auf, daß er seit diesem Abend immer vor Schaufenstern mit Reisegepäck stehen blieb.

Selbst kein Experte im Fassen von Entschlüssen, wie er sagt, nahm er oft und gern Ratschläge an, sein Leben lang: als göttliche Fingerzeige. Doch obwohl ausnahmslos alle seine Freunde ihm davon abrieten, vor der Realität davonzulaufen, reiste Robert Lax ab, nach Griechenland. Für einige Monate, dachte er. Doch aus den Monaten wurden Jahre. Robert Lax blieb, und er hat, als einer der frühen Aussteiger, im Laufe der Zeit nicht wenige mit seinem Beispiel angesteckt.
Einmal, als er auch auf Kalymnos nicht gerade glücklich war, fragte er sich, wo er wohl wäre, wenn er jetzt wieder in New York sein sollte. Die Antwort kam ohne Nachdenken: Er wäre drunten in der 12. Avenue und würde nach den Schiffen schauen, die nach Griechenland ausliefen.

Griechenland ist ihm zur zweiten Heimat geworden. Der inzwischen 84jährige sagt, er würde sogar nach Griechenland zurück s c h w i m m e n, wenn jemand versuchen sollte, ihn in New York zurückzuhalten.

Der Einleitung zu seinem ›Journal C‹, seinem Griechenlandtagebuch, ist zu entnehmen, daß er nur eine Hoffnung hatte, als er New York verließ: einen ruhigen Platz zu finden, wo er eine Weile leben und einige Gedichte schreiben könnte. Ruhig und nicht teuer. Am liebsten wäre ihm wohl eine unbewohnte Insel gewesen, auf der er sich selbst hätte versorgen können. Leute, Natur, Geschichte – das war es nicht, was er suchte. Nur Ruhe. Die schien ihm für sein Schaffen genauso wichtig wie die Dunkelkammer für einen Fotografen.

Auf den griechischen Inseln war die Nacht wesentlich leichter als in New York, wo der psychische Druck fast körperlich zu fühlen war ...

Lipsos, 25. November 1969:

> *night seems lighter, less heavy, here than in kalymnos, and considerably less heavy than in new york. the weight of people stirring around at night, the weight of their thoughts, the weight of their plans seems to create a physical pressure in the air above all the cities: creates, that is, a psychological pressure so strong that it seems tangible, physical, bears down like a weight on the shoulders.*[45]

Er genoß die Erleichterung. Doch ein Platz der Ruhe ist auch eine griechische Insel nicht. Helles Licht, Lärm, Menschen, Mopeds. Man ist n i e allein, immer wird man beobachtet. Das weiß er heute. Als er in den ersten regnerischen Monaten des Jahres 1964 auf Kalymnos, an der äußersten Grenze Griechenlands zur Türkei, ankam, fühlte er sich angenehm an Marseille erinnert und war vor allem von der Freundlichkeit der Menschen berührt.

Die ersten Jahre lebte er auf Kalymnos. Verschiedene Wohnungen, einfache Häuser mit Kerosinlampen und ohne fließendes Wasser. Abseits – und doch in die Gemeinschaft aufgenommen. Seine Freunde waren Fischer und Schwammtaucher.

Die Menschen auf der Insel sind anders, stellte er fest: sie leben nur. Und er? fragt er sich. Lebt er nicht auch nur? Er weiß es nicht. Sie jedenfalls sind anders – sie tun nichts anderes als leben.

they
’re
dif
fer
ent

they
on
ly
live

those
peo
ple

are
dif
fer
ent

they
on
ly
live

what
a
bout
you

?

don't
you
just
live

?

i
don't
know

they
're
dif
fer
ent

(all
they
do
is
live)[46]

Lax war immer noch auf Sinnsuche, auf der Suche nach einem sinnvollen Leben. Immer schon hatte er alles hinterfragt und nichts als selbstverständlich genommen. Gefragt, was wäre, wenn ihm einmal keine Fragen mehr einfallen sollten, antwortet er schelmisch, daß er sich dann sicher fragen würde, was mit ihm los sei.

Nichts tun als leben – ist das weise?
Unter Griechen leben (und vielleicht besonders unter den Leuten von Kalymnos), heißt in einer Atmosphäre von Weisheit leben, schreibt Lax am 21. August 1969 in sein Tagebuch. Und unter welchen dieser Menschen ist die Weisheit besonders ausgeprägt? Er ist sich fast gewiß: unter den Fischern. Er kann von ihnen lernen. Er kann – langsam – lernen, weise zu werden. Aber kann man lernen, weise zu sein? Können alle Menschen Weisheit lernen? Lax glaubt, daß fast jeder Mensch etwas Weisheit erwerben kann, und noch mehr, wenn er unter Weisen lebt.

to live among greeks (and especially, perhaps, among kalymnians) is to live in an atmosphere of wisdom.

where among kalymnians is the greatest degree of wisdom to be observed? i think, almost certainly, among the fishermen.

what are the wise things they say and the wise things they do? only by living among them, watching them carefully, listening attentively can one learn from them gradually.

learn to be a fisherman? learn, slowly, to be wise.

to live among wise people is to learn wisdom gradually. can wisdom be learned? can all men learn wisdom? i think almost all men can gain somewhat in wisdom and can gain more in wisdom by living among the wise.[47]

Weise sein, das heißt auf den Inseln: Leben akzeptieren als jahrhundertelang eingespielten archaischen Kreislauf.

Was ihm an den Inseln gefiel? Was ihn bleiben ließ? Nicht nur der Gegensatz zwischen diesen ländlichen Inseln und den Industriestädten Amerikas. Er fand auf diesen Inseln fern der Hektik unserer Zeit eine heile Welt, so etwas wie einen Entwurf von Utopia, ein irdisches Paradies.

Gefragt, was er ändern würde in der Welt, aus der er kommt, antwortet er lapidar: alles.

Außenseiter war er auch hier, auf Kalymnos, Lipsi oder Patmos.
Die Menschen auf diesen kargen Inseln sind aufeinander angewiesen. Daß einer alleine ist und die Einsamkeit geradezu sucht, ist nicht geheuer.

Einsamkeit belebt die Fantasie, sagt Lax. Sein Alleinsein und seine Fremdheit aber beschäftigt auch die Fantasie der Inselbewohner, wie er in seinem 1997 veröffentlichten ›Journal F‹ beschreibt.

Als er seinen Freund Stellio einmal im Vertrauen fragte, was er über sein Verhältnis zur Dorfgemeinschaft und speziell zu den Fischern denke, die alle sagen, daß sie ihn mögen, antwortete jener, es sei gut, sehr gut – aber keiner, wirklich keiner wisse, was Lax treibe, und jeder frage sich, warum er so lange bleibe & was er wohl arbeite. Er, Stellio, habe ihnen gesagt, daß er mehrmals bei Lax zu Hause gewesen sei, daß er sehen könne, was er treibe: er schreibe Gedichte und fotografiere manchmal. Er, Stellio, sage es ihnen, aber keiner wisse, was er davon halten solle.

stellio, when i asked him once quite confidentially, how he thought i was doing with the community here (fishing community particularly), all of whom say they like me, answered fine, just fine, but no one, absolutely no one knows what you're doing, and everyone wonders (why you stay so long) & what your work could be like. i told them i've been to your house a number of times & i can see what you do: you write poems and take pictures sometimes. i tell them, but none of them knows what to think.[48]

Lax hält fest, was ihm auffällt, und er gewinnt durch sein Schreiben eine ganz besondere Aufmerksamkeit.

Tagebucheintragung vom 20. März 1964.
Kalymnos.

es ist jetzt nachmittag, und so ist es an der zeit, ein gedicht über den nachmittag zu machen, unter ihm hervorzukriechen mit einem langen seufzer und von oben her in ihn hineinzutauchen: nachmittag, goldene zeit: nichts anderes vor sich als die welt, leben und welt, leben auf der welt, die struktur des lebens, die struktur jeder minute so wie sie vergeht.

es ist nachmittag, und so ist es an der zeit, ein gedicht über den nachmittag zu machen (der nachmittag macht sich selbst zum gedicht)

nachmittag, der nachmittag, die leute stehen am sonnenbeschienenen kai und warten auf die ›kanaris‹.

sie stehen am kai und warten auf das schiff:
die ankunft der ›kanaris‹.

march 20/64
kalymnos

this is the afternoon and so it is time to make a poem of the afternoon, to come up from under it with a long sigh and to swing into it from above:
the afternoon, the golden time: to have no subject but the world, life and the world, life in the world, the texture of life, the texture of every minute as it passes

this is the afternoon and so it is time to make a poem of the afternoon (the afternoon is making a poem of itself)

afternoon, the afternoon, the people stand on the sunlit quay and wait for the kanaris.

they stand on the quay and wait for the boat:
the canaris to arrive …[49]

Beschreiben ist Artikulationsübung für einen, der wenig Worte macht. Den Augenblick ›präsent‹ werden lassen, Gegenwart und Geschenk zugleich, ihn ins Auge fassen, beschreiben, verdichten – dichten. Allmählich vordringen zum Wesentlichen: zu seinen Gedichten, zu sich selbst. Seinem Ich auf die Welt verhelfen, wie er es ausdrückt.

like a slowly cooling
giant lens

made of particular
grains of sand

heated to a point
of fusion
–
when the whole has cooled
it may give us some perspective
on a far-off world

& bring it close to
hand[50]

Zen-Erfahrungen klingen an – Lax hat zusammen mit Ad Reinhardt Alan Watts gelesen, dessen Werke hervorragend geeignet sind, einen Zugang zu östlichem Denken zu schaffen. Suzuki zählt Lax zu seinen geistigen Lehrmeistern, Basho und Dschuang Dsi zu seiner Lieblingslektüre.

Der Geist des Zen – absoluter Ernst und gleichzeitig humorvoller Abstand zu allen ernsten Anliegen – kommt in vielen Gedichten und Texten zum Ausdruck:

Aug. 23, 1994

if
you
go

to
seek
your
self

&
find

x

hid
ing

in
your
clos
et

what
are

you
go
ing

to
do;

say,
›that's
not

my
self‹,

&
close
the

door
?[51]

Äußere und innere Disziplin – sie findet ihren Ausdruck im Formalen. Dem asketischen Leben entspricht die Sparsamkeit der Mittel. Lax' Gedichte sind aufs Wesentliche reduzierte ›minimal poems‹.

one
mo
ment

pass
es

an
oth
er

comes
on

–

how

was

was

how

is

is

how

will
be

will
be

–

was

was
n't

is

is
n't

will
be

won't

–

is
is

was
was

was
is

is
was

–

was
was

is
is

is
was

was
is

–

is

was

was

is

is

was
n't

was

is
n't[52]

Spielerisch meditativer Umgang mit den englischen Worten ›ist‹ und ›war‹. Gegenwart. Vergangenheit.
Ganz leicht zu verstehen, aber schwer zu begreifen. Die Vergänglichkeit allen Seins steht im Raum, eines der Grundprobleme aller Philosophie und Religion. Daß die beiden Worte ›ist‹ und ›war‹ sich so widerspruchslos aneinanderfügen lassen, ist für Lax ein vielleicht zufälliges Ergebnis aller Philosophie und Religion.
Der Übergang vom Sein zum Vorbei ist das schwarze Loch, in das alles Gegenwärtige fällt. Angesichts der unübersehbaren Tatsache, daß sie aufeinanderfolgen mit brutaler Rücksichtslosigkeit, hat er, anstatt den Kopf in den Sand zu stecken wie die meisten, Konsequenzen gezogen: Robert Lax hat sein Leben so eingerichtet, daß dem ›is‹, der Gegenwart, das Gewicht zukommt, das sie verdient.
Was vorbei ist, zählt nicht mehr.

Ob man seine Gedichte als Philosophie lesen könne?
Wenn du eine einfache Linie ziehst mitten auf einer Leinwand, dann hat sie eine Bedeutung. Sie steht in Beziehung zur ganzen Tradition überlieferten Wissens.
Wenn du ein Wort wie ›ernst‹ benützt und von ›ernstem Spiel‹ sprichst, und du spielst ernsthaft mit schwarz und weiß, dann spielst du auch mit Philosophie. Joyce sagte, der Wert einer Arbeit hänge zusammen mit der Tiefe der Spiritualität des Künstlers.
Wenn Philosophie etwas ist, dann Liebe zu diesem überlieferten Wissen.

ONE ISLAND

I

cir
cle

of
brown

cir
cle

of
blue

cir
cle

of
brown

cir
cle

of
blue

cir
cle

of
earth

cir
cle

of
earth

cir
cle

of
sea

cir
cle

of
sea

cir
cle

of
brown

cir
cle

of
brown

cir
cle

of
blue

cir
cle

of
blue

cir
le

of
earth

cir
cle

of
earth

cir
cle

of
sea

com
ing

of
dark

com
ing

of
dark

com
ing

of
light

com
ing

of
light

com
ing

of
dark

com
ing

of
dark

com
ing

of
light

earth
cir
cle

earth
cir
cle

sea
cir
cle

sea
cir
cle

earth
cir
cle

earth
cir
cle

sea
cir
cle

sea
cir
cle

brown
brown

blue
blue

brown
brown

blue
blue

earth
earth

earth
earth

sea

sea

sea

pres
ence

of
light

pres
ence

of
light

pres
ence

of
dark

pres
ence

of
dark

pres
ence

of
dark

pres
ence

of
dark

pres
ence

of
light

dark

dark

light

light

dark

dark

light

light

land

land

sea

sea

land

land

sea

leaf
sound

leaf
sound

wave
sound

wave
sound

leaf
sound

leaf
sound

wave
sound

wave
sound

land
smell

land
smell

sea
smell

sea
smell

land
smell

land
smell

sea
smell

sea
smell

com
ing

of
dark

com
ing

of
dark

com
ing

of
light

com
ing

of
light

com
ing

of
dark

com
ing

of
dark

com
ing

of
light

II

black
rocks

black
rocks

green
leaves

green
leaves

black
rocks

black
rocks

green
leaves

red
earth

red
earth

red
earth

red
earth

black
rocks

black
rocks

green
leaves

light

cuts

shad
ow

shad
ow

cuts

light

light

cuts

shad
ow

shad
ow

cuts

light

stone
shad
ow

stone
shad
ow

leaf
shad
ow

leaf
shad
ow

leaf
shad
ow

leaf
shad
ow

stone
shad
ow

stone
shad
ow

land
wind

land
wind

sea
wind

sea
wind

sea
wind

sea
wind

land
wind

land
wind

hill
shad
ow

hill
shad
ow

cloud
shad
ow

cloud
shad
ow

hill
shad
ow

hill
shad
ow

cloud
shad
ow

cloud
shad
ow

land
cir
cle

land
cir
cle

sea
cir
cle

sea
cir
cle

sea
cir
cle

sea
cir
cle

land
cir
cle

land
cir
cle

leaf
sound

leaf
sound

wave
sound

wave
sound

leaf
sound

leaf
sound

wave
sound

wave
sound

goat's
cry

goat's
cry

bird's
cry

bird's
cry

goat's
cry

goat's
cry

bird's
cry

bird's
cry

is
land

is
land

one
is
land

one
is
land

is
land

one
is
land

one
rock

one
sea[53]

Dichtung nahe an Musik: Farben und Bilder werden wie Tonfolgen in einer musikalischen Komposition rhythmisch wiederholt.

Dadurch daß er im Atemrhythmus, in extrem kurzen Zeilen, vertikal, Wort für Wort, Silbe für Silbe untereinandersetzt, zwingt Lax den Leser seiner Gedichte zur Langsamkeit, denn er muß jedem Bild seine Zeit lassen wie im Film, es wird ihm nicht gelingen, Zeilen wie gewohnt zu überfliegen.

Wörter oder Silben untereinander zu schreiben statt nebeneinander, wurde für Lax schon im Alter von 8 oder 10 Jahren nach der Lektüre von Krishnamurtis ›Pool of Wisdom‹ zur ›Obsession‹. Als er zum Abschluß der Highschool eine Rede halten sollte, schrieb er ein Gedicht, ein Wort unter das andere, ohne viel nachzudenken, und las es vor.

Lax will immer konkreter und immer abstrakter werden. Das ist für ihn ein paradoxer, aber notwendiger Prozeß. Nicht abstrakt und konkret zugleich, nicht beides in ein und demselben Gedicht. Obwohl erst dann, wenn beide Pole sehr stark sind, ein wirklicher Funke vom einen zum andern springt.

Es ist dieser Funke zwischen Konkretem und Abstraktem, der auch im Kopf des Lesers aufblitzt und ihn Ableitungen ziehen läßt vom ganz konkreten Bild zur Abstraktion und umgekehrt.

left alone with the
instruments of my trade

i have come upon two
(rather paradoxical)
truths about them

one is the power
of words, particularly
the simplest

even (of) words
devoid of grammar

to evoke a deep
response

the second
is the
inadequacy of most
of them to the needs
of poetry[54]

Im Gespräch erklärte Lax, nach welchen Gesichtspunkten er Worte auswählt:

Wenn ich versuche, auszudrücken, was der Mensch, der in mir steckt und seinen Weg durchs Leben sucht, denkt, benütze ich besser klare, einfache, leicht verständliche Worte und keine zweideutigen. Also versuche ich, wenige klare Worte zu finden. Wenn ich kann, arbeite ich mit klaren Worten, mit Rhythmus und mit Bildern, und mit was immer sie an metaphorischer Bedeutung mitbringen:

rot
blau.
und wenn ich noch mehr Worte brauche, dann
suche ich sie im gleichen Korb und finde weiß
und schwarz, hell und dunkel[55]

Schöpferische Arbeit heißt für Lax: Dingen einen Namen geben, Dinge benennen.

july 29/69
the woman who lives at the bottom
of the hill asked me with a great warm smile
how i was doing; i said fine, and that i was
going to work. good she said, tapping her head,
or something, to show that the work i meant
was intellectual.

which perhaps it is: feels more, the way i do it,
like adam naming the plants & animals. looking
& naming, looking & naming: not doing very
much more.[56]

29. Juli 1969
Die Frau, die im Haus unten am Hügel wohnt, fragte ihn mit einem sehr herzlichen Lächeln wie es ihm gehe; er sagte, es gehe ihm gut und er wolle sich gerade an die Arbeit machen. Gut, sagte sie, und tippte mit dem Finger an den Kopf oder so ähnlich, um deutlich zu machen, daß die Arbeit, die er meinte, intellektuell sei.

Vielleicht ist sie das: für Lax' Gefühl hat sie, so wie er sie betreibt, eher etwas mit Adam zu tun, der Pflanzen und Tiere benennt. Sehen und benennen, sehen und benennen: er mache nicht sehr viel mehr.
Es kommt ihm nicht darauf an, unbedingt etwas Neues zu sagen:

Neu sei, so schreibt Lax am 14. April 1973 in sein Tagebuch, daß er es mit seinen eigenen Worten sage oder mit den einzigen Worten, über die er verfüge.

Zu sagen, was er glaube und nicht, was er nicht mehr glaube, sei ein ganz allmählich befreiender Prozeß. (Geistige) Befreiung sei ein gutes Ziel, das niemand mißbillige, außer jenen, die von Berufs wegen am Alten festhalten müssen.

again: i'm not saying anything
new

what's new is that i'm saying
it in my own

or in the only words
i have
on tap
—

saying some things i believe

& not saying those
i no longer believe

is a slowly
liberating
process

(spiritual) liberation
is a good end-in-view

no one disapproves of
it

but professional
<keepers>[57]

Dichten ist Sprechenlernen. Eine eigene Sprache finden. Eine klare Sprache.
Dingen einen Namen geben heißt zugleich: eine Welt erschaffen durch dieses Benennen. In China war das ›Klarstellen der Begriffe‹ traditionell eine revolutionäre Aktion und Grundlage der chinesischen Weisheit.

Sprache muß sich immer wieder ändern, da die Menschen auf die alten Redewendungen allergisch reagieren, sagt Lax.

In seiner Tagebucheintragung vom 13. Oktober 1977 fragt sich Lax, ob er, wenn er für sich selbst schreibt, auch für andere schreiben sollte? Er hält es für richtig, nur ein Ziel zu verfolgen. Und sein Ziel ist, für sich selbst zu schreiben. Die Sprache oder die Sprachen zu gebrauchen, die er kennt, um Dinge klar auszudrücken, für sich selbst, wenn er mit sich selbst spricht. Sprache oder Sprachen? Wahrscheinlich sei es am besten, jeweils nur eine Sprache zu benützen und aus anderen nur zu übernehmen, wenn es unbedingt nötig ist. Verlangt ein privates, persönliches, eigenes Schreiben eine eigene Sprache? Er bezweifelt das: er bezweifelt, daß er eine eigene, persönliche, besondere Sprache hat. Wenn er sie hätte, wäre sie nur für ein oder zwei Erfahrungen da, die anders nicht auszudrücken wären.

Diese Übung betrachtet er als wesentlichen, vielleicht sogar lebensrettenden Prozeß. Als Vergleich fällt ihm der Graf von Monte Christo ein, der sich mit einer Gabel den Weg aus dem Chateau d'If grub.

in writing for yourself should you write for others too? i think it is good to have one goal in mind and the present goal? is to write for myself. to use the language or the languages i know to express things clearly for myself, to myself. language or languages?
it will probably be best to use one language at a time, drawing from others only if needed. does private, personal, particular writing require a private language? i doubt it: i doubt that i have a private, personal, particular language. if i have it would be for only one or two otherwise ineffable experiences: things for which i'd say »wow!« or »oof!«, and even these are parts of the general language.

you don't mind being boring or bored with this exercise? no, it isn't intended as entertainment. i think of it as an essential, maybe even a life-saving, process. (something like the count of monte cristo digging his way out of the château d'if with a fork.[58]

Am 22. Juli 1969 vermerkt Lax, daß er sich manchmal mit einem imaginären Guru unterhalte, natürlich mit einem, der in ihm selbst lebe. Er sei wohl Psychiater: früher wenigstens hätten sich viele seiner Gespräche an einen imaginären Wiener gewandt, und viele seiner Probleme seien von ihm angehört oder gelöst worden. Er habe aufmerksam, oft vorwurfsvoll zugehört und ihm mit einigen wenigen gekonnten technischen Ausdrücken gezeigt, wie weit er in seinem Denken oder Verhalten in die Irre gegangen war. Dieser Wiener Gefährte sei verschwunden, kehre, wenn überhaupt, nur noch für ganz kurze Besuche zurück; an seine Stelle sei aber Dschuang Dsi getreten (manchmal auch Merton, oder manchmal Dschuang Dsi in der Übersetzung von Merton), und der lehre ihn eine andere Weisheit: nämlich die Weisheit der Enthaltsamkeit und des Unterlassens, des Rückzugs, des Gebets und der Vorbereitung, des Sich-nicht-Bindens, des »Stillsitzens und Nichtstuns«, der Suche nach Geringem und nicht nach Größe oder des Überhaupt-nicht-Suchens.

> *sometimes, i have conversations with an imaginary guru, naturally one who lives inside me. he used to be a psychiatrist: at least in the old days a lot of my conversations were started with, & a lot of my problems heard out or solved by, an imaginary viennese who listened carefully, often accusingly, & showed me with a few apt technical phrases how far i had erred in my thinking, or behavior. the viennese fellow has disappeared; comes back if ever for very short visits; but has been replaced by chuang tzu (sometimes merton,or sometimes chuang tzu in merton translation) who tells me other wisdoms: usually the wisdom of abstinence & avoidance; of retreat, prayer & preparation, of non-attachment, of »sitting quietly doing nothing«, of seeking smallness, not greatness, or of seeking nothing at all.*[59]

Statt Psychoanalyse und selbstquälerischer Selbstkritik: Gelassenheit. Das ist Befreiung und Beruhigung zugleich. Er steht dem, was er erlebt, nicht mehr mit ständiger Reflexion und Introspektion im Weg. Er gibt sich dem Augenblick hin und denkt nicht als erstes darüber nach, was gerade passiert.

Diese Präsenz ohne jede Spur von Ablenkung spürt jeder, der Lax begegnet.

Auf nichts warten, auf nichts hoffen, nichts erwarten. Trotzdem gewahr des Wechsels von Licht, des Wechsels der Jahreszeiten.

waiting for nothing, hoping for nothing. expecting nothing. aware, none the less, of the change of light, the change of the seasons.[60]

Ein Traum kommt zu dir wie ein Geschenk. Genauso ist auch Leben im Wachzustand ein Geschenk, das sich vor dir entfaltet, wenn du dich nicht unbedingt in Aktivitäten stürzt oder es interpretieren willst oder sonst etwas unternimmst, um es auszubeuten. Du kannst zuschauen, wie es sich entwickelt, wie du einen Traum verfolgst. Ich halte das für wünschenswert, denn der Mensch, der in dir steckt und diesen Traum träumt, ist sehr wahrscheinlich näher an dem, der du wirklich bist, als der, für den du dich selbst hältst oder für den die Leute, mit denen du im Laufe des Tages zu tun hast, dich halten. Dein wirkliches Ich ist eher das Ich im Traum – wenn du es in den Alltag herüberholen kannst, dürfte das eine Verbesserung deiner Verfassung und etwas Positives für den Alltag mit sich bringen.
Es gibt ein Fließen, an dem du, wenn du es fließen läßt, Gefallen finden und dich treiben lassen kannst[61], sagt Lax.

Das mag er an den alten Männern, die im Café neben dem Hotel Rex in Skala sitzen: sie sind völlig entspannt und schauen dem Geschehen zu.

> *Träume kann man auf vielerlei Arten interpretieren. Mit dem Leben ist es wahrscheinlich nicht viel anders. Die erstbeste Interpretation, die dir einfällt, ist nicht unbedingt die richtige. Du kannst nicht wissen, warum etwas geschieht.*[62]
>
> *»Eine Chance klopft nur ein einziges Mal.*
> *Sitz still*
> *und sie wird weitergehen«*, sagt Lax.

Ein unserer Zeit ganz und gar nicht gemäßes Motto von Lax, das er vielleicht von diesen alten Männern übernommen hat.

Er solle sich nicht aus der Realität zurückziehen, hatten ihn seine Freunde vor seiner Abreise nach Griechenland gewarnt. Er hat sich zurückgezogen von allem, was ihm an Äußerlichkeiten schon immer unwichtig war und hat sich d e r Realität zugewandt, die er lange genug gesucht hat: eine äußere Realität, die mit seiner inneren Realität nicht im Widerspruch stand.
Die innere Welt ist für mich die reale Welt, notiert er in sein Tagebuch.

Kontakte zu New York und den alten Freunden hielt er indessen aufrecht. Mit langvertrauten Freunden wie Thomas Merton und Ad Reinhardt verstand er sich durch Andeutungen, Wortspielereien und ein Augenzwinkern. Wie Kassiber wirken die Briefe, die Lax seinem Freund Merton ins strenge Trappistenkloster schickt. ›Antiletters‹ – der amerikanische Verlag Sheed & Ward hat

1994 den 1978 erstmals erschienenen herzerfrischenden Band mit Briefen zwischen Lax und Merton neu aufgelegt. Briefe, für die Klosterzensur nicht zu deuten. Die Anreden sind frei erfunden und jedesmal anders, ebenso die Unterschriften.
Die folgende dadaistische Postitionsbeschreibung zum amerikanischen Rassenproblem geht aus von Tuschkalligraphien, die Merton im Kloster anfertigte, und nimmt wahrscheinlich Bezug auf Norman Mailers Studie über den ›weißen Neger‹:

Nov. 2, 1963
Dear Arthur;

yrs is arrived, and i am delighted with the following news: that you are in favor of small black poems, small black calligraphies, small black musical compositions and immobile small black dances.

i, too, am in favor of all of these, and have of recent months become so generally small & black myself that it is useless for me to apply for abrogation from the whites. how come you want to get out of the race (they would snigger), you was never in it. you was never in it. you're not so white yourself (is all i could ever reply) you're not so white yourself, you red baboons.[63]

Die Briefe zwischen den Freunden Merton und Lax sind voller Humor. So auch der von Lax nicht datierte Brief vom ›heiligen Patmos‹ an den unheiligen Trappistenmönch Merton im Kloster Gethsemani:

patmos
hir is patmos

cher murps,

hir again is holy patmos. patmos really holy place. what i mean dear murthwog, it's what i'd call a holy place. holy, that is, not at all like the elks. & place; like the place is holy. not saying something one way or another about the people. maybe they are too. maybe they all are. but the place. flowers, rocks birds. it's more like the rocks look happy.

birds too, very good. only place i ever see birds. sweep, swoop. nobody pinging at them must be part of it. (but why not? isn't there any greeks on this island?)

here the crododile rooster lays his egg.

here the bird-dog tinkles after the woolly sheep.

i will stay in patmos week after week. pages will fly from the calendar pops. i will still be here.

yrs,
Sam[64]

Merton und viele seiner alten Freunde sind schon lange tot. Die noch verbliebenen besuchen ihn oder schreiben. Viele neue Freunde kamen dazu. Ian Hamilton Finlay, der englische Konkrete, zählt darunter. In ihrem künstlerischen Anliegen sind sich beide nahe. 1974 traten sie gemeinsam im Victoria & Albert Museum in London in einer Zwei-Mann-Show auf. Ian Finlay über Lax: Er ist »ein Beispiel für Disziplin in einer Umgebung voller Zweifel«.

Robert Lax hat sich nie ganz von der Welt abgewandt. Er beobachtet das Weltgeschehen aus der Ferne, hält sich – durch die BBC, die er auf einem winzigen Transistorradio empfängt – auf dem Laufenden.

Als ihm auch die Insel Kalymnos zu laut und geschäftig wurde, zog er sich auf die kleinere Insel Patmos zurück.

Seine Tagebuchaufzeichnungen vom 4. Oktober 1969 auf Patmos sprechen von einem tiefen Gefühl des Friedens, das er empfindet und das ihm sagt, daß er wenigstens eine Weile bleiben sollte, um die Nervenenden zu heilen. Er wundert sich. Die Tage verlaufen, als ob nichts geschieht. Aber irgend etwas geschah doch. Er würde den ganzen Tag nichts tun. Aber gegen Abend würde er schreiben und allmählich sich immer besser artikulieren können. Immer wenn er auf Patmos war, waren die Tage so verlaufen, daß er den Eindruck hatte, nichts würde geschehen. Doch am Jahresende stellte er fest, daß die auf Patmos geleistete Arbeit bestehen konnte.

and I felt all today as i did yesterday that peace, deep feeling of peace is here. that here is where i should stay at least for a while (& heal the nerve-ends), that here things would grow, things would speak (kal. summoned to mind, seems a wild, wild merry-go-round from here.) that here the days would go as though nothing were happening, but something would be happening, that i would do nothing all day long, but toward evening of every day i'd write (& slowly become) more articulate: almost every time i've been here the days have gone that way: i've felt as though nothing were happening; yet at the end of the year i've found that the work i did at patmos was (often) work that stood.[65]

Lax ist auch auf Patmos nicht einsam. Viele junge Menschen fühlen sich zu ihm hingezogen. Für sie bedeutet seine Ruhe Halt in der Unrast unserer Zeit und Robert Lax mit seinem Leben und Schaffen eine Alternative, die noch so etwas wie Hoffnung birgt.
Diese Alternative steht jedem überall offen. Aber sie ist nicht beliebig. Sie verlangt Verzicht und Disziplin.

Für Lax haben sich Kunst und Leben eng verknüpft. Und letztendlich sei es nichts als Liebe und Aufmerksamkeit, worauf es im Leben ankomme – genau das, was auch seine Katzen brauchen.

Mit Griechenland änderte sich alles für ihn, außer dem Verlangen, dahin zu kommen, wo Veränderungen nicht mehr berühren. Unveränderlichkeit, nicht hölzern, nicht steinern: eine Unveränderlichkeit im Geist jenseits von Holz und Stein.

everything changed for him
except the desire to get
beyond change

changelessness was not
woodenness, not stoniness:

a changelessness of the spirit,
beyond wood and stone.[66]

Einfach über einfache Dinge schreiben, das ist das Motto von Robert Lax.

Die andern, sagt er, befassen sich mit großen Vorstellungen: Kultur und Zivilisation. Sicher seien das auch Vorstellungen, die wichtig sind. Aber er fasse an manchen Tagen lieber Details ins Auge. Ein einziges Detail: Teil eines endlosen Ganzen.

> *they deal in big concepts: culture and civilization.*
> *and surely those are concepts that matter. but*
> *there are days when i'd rather consider details.*
> *a single detail.*[67]

Über nichts schreiben. Übers Schreiben schreiben. Über das Schreiben über nichts schreiben.

Muß es denn über etwas sein? fragt sich Lax. Es braucht nicht über vieles zu sein, aber immerhin über etwas? Vielleicht über eine Kleinigkeit. Nur eine Kleinigkeit, die es vorwärtstreibt, sagt er sich.

Lax sieht im Universum eine positive Kraft wirken, auf die er vertraut. Kontemplative Menschen aller Religionen sind sich ähnlich, sagt Lax. Dogmen zählen für sie nicht, so können sie ihre Erfahrungen, ihre Technik und ihr Wissen austauschen und verstehen sich. Es ist als ob ihr Inneres sich wirklich nur bereithält und empfänglich ist für die ruhige Verständigung mit dem Universum. Dieser Kraft verdankt er seine Sicherheit und vor allem auch sein Lachen, das keiner vergißt, der ihm begegnet ist.

Hoffnungslosigkeit ist für ihn ein Zeichen dafür, daß Menschen aus dem Gleichgewicht gekommen sind. Desillusion ist keine Katastrofe, sondern eine Leistung, die zu vollbringen ist.

Literatur ist Austausch von Träumen und Visionen. Jeder, der an sich selbst arbeitet – und das bedeutet ihm sein Schreiben – arbeitet an der Verbesserung der Welt. In diesem Sinn ist er – ganz so wie sein Freund Ernesto Cardenal es vom Künstler fordert – revolutionär: indem er Veränderungen in Gang setzt, ganz einfach dadurch, daß er so ist, wie er ist.
Frieden lehren kann man nur, wenn man Frieden lebt, sagt Lax. Seine natürliche Religiosität integrierte er in sein Leben und Schaffen. Kunst, so wie er sie versteht, als innere Disziplin mit Anspruch auf Reinheit, hat die Funktion von Religion.

Er will kein Philosoph sein, strebt vielmehr zurück in den Zustand eines Kindes, das in seinem ernsten Spiel noch nicht ›unterbrochen‹ wurde durch Zwänge und Einflüsse von außen. Er wünscht sich das ungetrübte Augenblicksbewußtsein der Kindheit – jene Wachheit Menschen und Dingen gegenüber, der wir mit all unserem Wissen, auch dem von uns selbst, im Wege stehen.
Keine Tricks, keine spezielle Technik, nichts als die Mittel, über die der menschliche Geist verfügt, um sich auf Dauer zu schützen und zu bewahren. Lax war, wie er sagt, eher an Psychologie interessiert als an Theologie. Es ging ihm darum, überhaupt einen Zugang, eine Haltung zum Universum zu finden.

Lax sucht nicht mehr, er hält Ausschau. Wach, präsent, hält er es für ausreichend, am Morgen aus dem Fenster zu schauen und festzustellen, was ist – und nicht zu beklagen, was nicht ist.

Ein weiser alter Mann, für den der Alltag zur mystischen Reise um die eigene Achse geworden ist: immer unterwegs und an jeder Stelle des Weges auch am Ziel.

Auf die Frage, ob er zu uns spreche oder ob er Selbstgespräche führe, antwortet er: Ich führe Selbstgespräche, aber ihr könnt zuhören.

A are
you

talk
ing

to
me

or
are
you

talk
ing

to
your
self

?

B I'm
talk
ing

to
my
self

but
you

can
lis
ten[68]

Übersetzung der Zitate von Robert Lax: Sigrid Hauff

Alle nicht in Endnoten nachgewiesenen Zitate von Lax stammen aus Gesprächen mit ihm und aus unveröffentlichten Manuskripten und Typoskripten, die ich während meiner Aufenthalte auf Patmos einsehen konnte.

TEXTNACHWEISE

1 journal E / tagebuch E. PV 1996, p. 8
2 journal E / tagebuch E. PV 1996, p. 10
3 journal E / tagebuch E. PV 1996, p. 12
4 Merton Annual vol. 5, 1992, p. 41–65
5 The New Yorker (June 15, 1940)
6 27th & 4th. (Exeter: Stride) 1994, p. (20)–(22)
7 journal E / tagebuch E. PV 1996, p. 40
8 journal E / tagebuch E. PV 1996, p. 42
9 journal E / tagebuch E. PV 1996, p. 42
10 mogador's book / für mogador PV 1992, p. 14
11 mogador's book / für mogador PV 1992, p. 16/18
12 mogador's book / für mogador PV 1992, p. 30
13 mogador's book / für mogador PV 1992, p. 32
14 mogador's book / für mogador PV 1992, p. 58
15 mogador's book / für mogador PV 1992, p. 60
16 mogador's book / für mogador PV 1992, p. 68/70
17 circus zirkus cirque circo. PV 1981, p. (60)
18 circus zirkus cirque circo. PV 1981, p. (70)
19 Timeless Painting. Ad Reinhardt. (Stuttgart: Staatsgalerie) 1985, p. 85
20 the light the shade. PV 1989, p. 6–23
21 episodes/episoden. PV 1983, p. 69
22 journal A/tagebuch A. PV 1986, p. 36
23 New Poems. (London: Coracle Press) 1986, p. (44)
24 21 pages/21 seiten. PV 1984, p. 14
25 21 pages/21 seiten. PV 1984, p. 34/36
26 21 pages/21 seiten. PV 1984, p. 38
27 Merton, Thomas: Der Berg der sieben Stufen. (Zürich, Einsiedeln, Köln: Benziger) 1985, p. 189–190
28 21 pages/21 seiten. PV 1984, p. 46
29 21 pages/21 seiten. PV 1984, p. 48

30 21 pages/21 seiten. PV 1984, p. 50
31 21 pages/21 seiten. PV 1984, p. 52
32 21 pages/21 seiten. PV 1984, p. 54
33 21 pages/21 seiten. PV 1984, p. 66
34 21 pages/21 seiten. PV 1984, p. 74
35 21 pages/21 seiten. PV 1984, p. 76
36 21 pages/21 seiten. PV 1984, p. 78
37 Just Midnight. (Lyndonville, VT: Michael Lastnite) 1984, p. (1)–(4)
38 33 Poems. (Stuttgart: hansjörg mayer) 1987, p. 160
39 33 Poems. (Stuttgart: hansjörg mayer) 1987 p. 161
40 psalm & homage to wittgenstein. PV 1991, p. 28
41 psalm & homage to wittgenstein. PV 1991, p. 46
42 journal A/tagebuch A. PV 1986, p. 44
43 journal A/tagebuch A. PV 1986, p. 42/44
44 journal C/tagebuch C. PV 1990, p. 6
45 journal C/tagebuch C. PV 1990, p. 134
46 journal D/tagebuch D. PV 1993, p. 78
47 journal C/tagebuch C. PV 1990, p. 62
48 journal C/tagebuch C. PV 1990, p. 32
49 journal C/tagebuch C. PV 1990, p. 8
50 On Poetry and Language (unpubl. Manuscript)

51 Unpub. Typoscript.
52 the light the shade. PV 1989, p. 27–32
53 33 Poems. (Stuttgart: hansjörg mayer) 1987, p. 164–183
54 On Poetry and Language (unpubl. Manuscript)
55 Interview Sigrid Hauff – Robert Lax, Patmos, 23.9. – 4.10. 1994
56 journal C/tagebuch C. PV 1990, p. 46
57 journal D/tagebuch D. PV 1993, p. 36
58 journal B/tagebuch B. PV 1988, p. 46
59 journal C/tagebuch C. PV 1990, p. 38
60 journal C/tagebuch C. PV 1990, p. 128
61 Interview Sigrid Hauff – Robert Lax, Patmos, 23.9. – 4.10. 1994
62 Interview Sigrid Hauff – Robert Lax, Patmos, 23.9. – 4.10. 1994
63 A Catch of Antiletters. Thomas Merton, Robert Lax. (Kansas City: Sheed & Ward) 1994, p. 29
64 A Catch of Antiletters. Thomas Merton, Robert Lax. (Kansas City: Sheed & Ward) 1994, p. 73
65 journal C/tagebuch C. PV 1990, p. 94
66 journal B/tagebuch B. PV 1988, p. 74
67 journal A/tagebuch A. PV, p. 112
68 dialogues/dialoge. PV 1994, p. 20

TABELLARISCHER LEBENSLAUF

1915 geboren am 30. November in Olean, New York. Vater: Sigmund Lax. Mutter: Betty Hotchner-Lax.

1928 Der Vater von Lax verkauft das Herrenbekleidungsgeschäft in der North Union Street 180, Olean.

1929 Die Familie zieht nach Queens, NYC. Newtown High School, Elmhurst, Long Island. Schreibt für die Schülerzeitung *Newtown X-Ray* (bis 1934).

1934 Studium an der Columbia University: Englische Literatur, bei dem legendären Professor und bekannten Dichter Mark van Doren. Schreibt und zeichnet für *The Jester* (eine literarische Zeitschrift der Columbia University). Freundschaft mit Thomas Merton, Edward Rice, Ad Reinhardt, Robert Gerdy, James Knight, Ralph Gleason.

1938 Beherbergt den Hindumönch Mahanambrata Brahmachari in seinem Zimmer (März – Mai). B. A. Abschluß der Columbia University. Zurück in Olean wird er DJ und Ansager für eine örtliche Rundfunkstation. Sommer: Eine Woche mit Thomas Merton und Ed Rice in Marcus' Sommerhaus in den Bergen südlich von Olean. Arbeitet als Tutor für die Kinder des Managers vom Hotel Taft in New York.

1939 Sommer in Marcus' Sommerhaus mit Thomas Merton und Ed Rice.
Arbeitet bei Olean WHDL Radio (Werbung).
Mit John Slate in Venedig, Nizza, Cannes und Paris.
Thomas Merton konvertiert zum Katholizismus.

1940 Sommer in Marcus' Sommerhaus mit Thomas Merton, Ed Rice, Nancy Flagg u. a.

1941 Arbeitet in der Redaktion von *The New Yorker* (bis 1942).
Arbeitet fast ein Jahr lang im Friendship House, einer katholischen Sozialstation in New York.
Thomas Merton tritt in das Trappistenkloster Gethsemani/Kentucky ein.

1943 Lehrt Englisch an der University of North Carolina in Chapel Hill (bis 1944).
Tritt zum Katholizismus über.
Macht einen überraschenden Besuch bei Merton im Kloster Gethsemani/Kentucky.

1944 Erhält Stipendium der philosoophischen Fakultät der University of North Carolina in Chapel Hill.
Beginnt eine wissenschaftliche Arbeit über Thomas von Aquin.
Arbeitet für das *Carolina Magazine*, eine studentische Literaturzeitschrift.

1945 Arbeitet als Filmkritiker für die *Time* (Okt. – Feb. 1946).
Arbeitet als Freiberufler, auch als Fotograf, und schreibt für *Parade*, eine überregionale Sonntagszeitung.

1946 Schreibt Drehbücher für die Samuel Goldwyn Studios in Hollywood, California, unter Regisseur Arthur Ripley (bis 1948).

1948 Gastprofessor am Conneticut College for Women (Okt. – Juni 1949).
Weihnachten mit dem Zirkus Cristiani in Sarasota, Florida.

1949 Reist mit dem Zirkus Cristiani durch Westkanada.
Besucht Nancy Flagg und Robert Gibney in St. John/Virgin Islands, zusammen mit Ad Reinhardt.
Besucht Thomas Merton im Kloster Gethsemani/Kentucky.

1950 Setzt seine Studien fort am St. Bonaventure College, wo er sein erstes Werk ›The Circus of the Sun‹ schreibt (Frühling).
Paris (Sept.). Schreibt für die Zeitschrift *New Story*. Marseille. Französische Alpen.

1951 Paris (Sommer).
Reist einen Monat durch Europa, zeitweise mit dem Alfred Court Zoo Circus (Rom – Pescara).

1953 Zurück in New York.
Mitbegründer der Zeitschrift *Jubilee*, zusammen mit Ed Rice. Reisender Redakteur (bis 1967).

1955 Gründet *PAX*, eine Faltblatt-Zeitschrift.
Trifft Emil Antonucci.

1956 Besucht Thomas Merton im Kloster Gethsemani/Kentucky.

1959 Veröffentlichung von ›Circus of the Sun‹.
Besucht Thomas Merton im Kloster Gethsemani/Kentucky.

1961 lebt und reist in Frankreich und Italien, als reisender Redakteur und Mitherausgeber der Zeitschrift *Jubilee*.

1962 Ferienaufenthalt bei Freunden in Frankreich.
Reist zum ersten Mal nach Griechenland.

1964 Kehrt nach Griechenland zurück und lebt auf Lesbos, Kalymnos und anderen Inseln, immer wieder auch auf Patmos (bis heute).

1967 Als ›Poet-in-Residence‹ für ein Semester an der University of South Dakota (bis Okt. 1968).
Tod von Ad Reinhardt.

1968 Besucht Thomas Merton in Gethsemani/Kentucky (Juni).
Zurück nach Kalymnos (Okt.).

1969 Erhält Literaturpreis (National Council of the Arts award).
Tod von Thomas Merton.

1974 ›Artist-in-Residence‹ im Artpark, Lewiston NY (Sept.). (auch Sommer 1975 und 1976)

1977 Spanien/Jimera De Libar (Sept. – Nov.)

1982 Teilnahme am ›Bielefelder Colloquium Neue Poesie‹, Athen, Griechenland (Mai).

1984 Teilnahme am ›Bielefelder Colloquium Neue Poesie‹, Bielefeld/Deutschland (Mai). (Auch 1985 und 1986).

1985 Retrospektive seiner Werke durch das Archiv Sohm/Neue Staatsgalerie Stuttgart (19. April – 26. Mai).

1990 Gastprofessor für Englisch an der St. Bonaventure University (Sept./Okt.).
Ehrendoktor der St. Bonaventure University.

1992 Werkausstellung an der Columbia University New York, N. Y.

sigrid hauff

a
line
in
three
circles

the
inner
biography
of
robert
lax

PREFACE
ROBERT LAX: BORN BEFORE STEREO

Herbert Kapfer

He's one of the most wonderful people I've ever met. I had to fight my inhibitions to write that sentence. But I'm not going to delete it, because I mean what it says. Anyway, I'll have to tell several anecdotes, and that's not usually my way either. Even if Robert Lax had never written a line, even if he'd never created a single pictogram with swimming birds and flying fish, meeting him wouldn't have been any less exciting or moving. Lax is fascinating as a person, and the fact that this person has found artistic forms and avenues that convey to the reader or viewer a clear sense that ›creator‹ and ›work‹ are identical in a manner as simple as it is profound – that fact is fascinating in itself.

Once more, Lax, who won't travel by plane, had gone by boat and train from Patmos to Zurich and on to Wartaweil in order to stay with his friends Hartmut Geerken and Sigrid Hauff. That's where I met him. We shook hands, laughed long and loud (for no reason, of course) and sat down. Then I immediately told him something personal (not generally a habit of mine): I told him about a dream that my mother had had the previous night and had described to me on the phone. In this dream Lax, whom my mother knew only from the cover of a radio play programme, played a – well, let's say ›major‹ – role. I won't describe the dream. What I will say is how astonished I was at the vocabulary my mother used in telling me about it. Neither before nor since have I heard so many four-letter words from her. She awoke troubled and shocked. She hurled accusations at my father, who had played a nasty part in the dream – hurled them so fiercely, in fact, that even before breakfast he left the house, returning with flowers for my mother. During subsequent meetings Lax and I have repeatedly referred to the dream. His part in it was totally unrepresentative of his character and behaviour, for Lax has preserved a childlike shyness that has continually induced me to speculate about his life-history. The other defining feature of his personality is his wry humour, the spontaneous wit that makes every encounter a joyful experience.

To be writing rapturous sentences about an old man astonishes their author. But then Lax has attracted and had a deep effect on many people, presumably because he moves so freely in the world, apparently without purpose. To me – but especially to him, I'm sure – it's uncanny that people really do worship him, people who enthusiastically exclaim (›ejaculate‹ might almost be a better word) ›Oh, did you see Bob?‹, ›Isn't he wonderful?‹ – that kind of thing. To become an unwilling guru – I hope that fate is spared him.

Once, the three of us – Christoph Lindenmeyer, Hartmut Geerken and myself – were performing Geerken's radio play erwartet bobo sambo ein geräusch? erwartet er eine stimme? (›is bobo sambo expecting a noise? is he expecting a voice?‹) in the Authors' Bookshop in Munich. Lax, too, was there. Unfortunately, there was what is generally called a technical hitch: the left channel stopped working. I apologized to him when we'd finished. There was no need, because after listening to me saying I was sorry, he just clapped me on the shoulder and remarked: ›Doesn't matter! I was born before stereo.‹

Painful cut to years later. Lisbeth Exner and I were visiting Lax in Patmos. He asked us to help him. A curator in B., say (it could have been somewhere else), had been sent material for a Lax exhibition years and years ago, but had never returned it. Had the exhibition ever taken place? No one knew. A serious matter, one that promptly led to the formation of the Commando Pax (the military-sounding name was a homage to Lax's periodical, Pax). The commando travels to B. (or wherever), spends hours lying in wait for the dilatory curator and, after a series of embarrassing enquiries, succeeds in coaxing the material from him. Including detours, the four members of Commando Pax travel a total of three thousand two hundred and twelve kilometres to retrieve the material.

The mission accomplished, I inform Lax by phone and ask him what should be done with the material, which consisted of drawings – twenty-nine sheets of them, if I remember correctly. Lax: ›Make a big fire!‹ (Concerned, Lax asked me some four years later whether I really had burned the drawings, because the Staatsgalerie in Stuttgart was interested in acquiring them! The drawings are now part of the Staatsgalerie's Lax collection.)

It's a life full of tales. All you have to do is mention names. Allen Ginsberg? Ate ice cream with him and Peter Orlovsky in Marseilles. No money. Three people. One ice cream. Three spoons. Erika Mann? The only time he's ever smoked pot in his life. And so on and so forth.

So much for the man.

And his work? There isn't any, strictly speaking. Life is sketching. Notebooks and drawing pads fill up. One day they'll be packed in plastic bags and deposited in some archive. Time and again, though, people turn up in Patmos who want to publish a book of poems or drawings by Lax. A number are then selected, preferably with the visitor making the suggestions – not because Lax is not interested in the new publication, but because it's nice to be advised. Or Hartmut Geerken might arrive, sent by the drama and media art department of Bavarian Radio to have one hundred drawings signed by Lax for a special edition of the media box Robert Lax. Agonizing!

A maximum of ten to twelve signatures a day! It makes me think of a poem by Lax, a poem that appears in quotation marks because it really consists of ›only‹ one saying: ›»think fast move slow«.‹ I once told him how much I liked this work in four words. ›Really?‹ Lax was taken aback, because today he'd write the poem differently: ›»think slow move slow«.‹
The main point of this foreword was actually to state that the present volume is based on »*Die innere Biografie des Robert Lax*« (›the inner biography of robert lax‹), a series of programmes created by Sigrid Hauff and produced by Bavarian Radio.

Munich, April 1999

Translated from the German by Michael Foster

a
line
in
three
circles

the
inner
biography
of
robert
lax

I. CIRCUS

The Search For The Point

Sometimes my friend and I wonder if we are the last people with our melancholy view of things. Both of us get sick when Hemingway says: Life is worth the fightin' for.[1]

New York 1940. »The lost generation« that Gertrude Stein had invoked was getting on in years, but had come to terms with this. The young generation, which Robert Lax belonged to in those days, didn't simply feel lost, it was »beat.« The war raging in Europe was destroying lots of illusions, and the American Way of Life didn't make it any easier for the young Robert Lax to define his place in the world.

Why – he asked himself – should a young guy like myself walk along up a pretty country road not feeling any but a remembered kinship with trees, creepers, birds, sky and the smell of oil coming up off the cinders?[2]

Why should a guy like me, only 25 years old, having gone through normal school and college, having worked some, bummed some, worked more writing letters on a silly job; Why should somebody like me feel completely worthless, looking at his hands, knowing they have no skills for anything except maybe drawing, maybe using the typewriter, things you would do for some small personal satisfaction or because maybe somebody would buy what you drew or wrote, but not because anybody (obviously) every day needed and desired it.[3]

Robert Lax, nowadays one of the great loners of American literature, set out despite all the adversities in search of something he couldn't even picture to himself: a life he found meaningful. He jotted down his soliloquies, made his first literary attempts, drew caricatures.

It was the generation after Robert Lax's – which called itself the »Beat Generation« under quite different circumstances – that first focussed on the trauma of senselessness and worthlessness. Poets like Allen Ginsberg and Jack Kerouac voiced their outspoken protests at the American Way of Life and its conventions.

Protest and resistance – that was nothing for Robert Lax. Born on 30th of November 1915 in Olean, New York State, as the son of Austrian Jews from Kraksw, he was more the reserved and introverted type. He had to solve some pretty vital and fundamental questions – but first of all he had to find a steady job.

In 1934 Lax began reading English literature at Columbia University in New York. Here he often met up and went out with his friend Thomas Merton. Merton, a person full of life, was later to become a monk and priest at a Trappist monastery and bridge-builder between Christianity and Eastern religions.

REMEMBERING MERTON AND NEW YORK

N. Y. places
I went to
with Merton:

Childs,
103rd
St.

Gold Rail.

West End
Cafeteria
Bar.

A drugstore
(Tilson's)
on the corner
of 116th &
B'way
»the girl
place«.

The drug
store
on 113th
where we'd
often eat
lunch.

ice-cream
& chocolate
sauce on
toasted
pound
cake,
milk
shakes,
»burn
one«.

Down
town:

The Hickory
House:

Nick's.

The Famous
Door.

Jimmy
Ryan's
(52nd St.).
Low-
ceilinged
place
Count
Basie
played in.

Who played
at Jimmy Ryan's?

Teddy
Wilson,
Wingy
Manone,
The Higgin-
bottom
Brothers,
Pee Wee
Russell
(Sunday
afternoon
Jam
Sessions)
good
clarinet
&
bass
with
Teddy
Wilson.

At
Hickory
House:
Joe
Marsala,
Woody
Herman,
Adele
Girard.

Place near
the Taft,
49th St.
West?
Where
Hot Lips
Page,

Zutty
Singleton,
Joe Blanton
played &
Billie
Holiday
sang.[4]

Billie Holiday, the star of the New York jazz scene, sang in the Café Society in Greenwich Village. She was modest, simple, and not yet as glamorously dressed as in later years. Merton and Lax often invited her to a drink at the bar, and would chat in a way that Lax recalls as most agreeable. Billie suggested that Lax should come and visit her in Harlem, where she lived with her mother, and listen to some music. She had a really good record collection. Lax was delighted, but turned down the invite: *»being a good student I stuck to my work.«* [5]

Thomas Merton, Ad Reinhardt and Robert Lax became close friends in the thirties, after studying together at Columbia University and working on the editorial staff of the college magazine, *Jester*. Ad Reinhardt, who was older than Lax, published drawings by Lax and encouraged him to do his own work. Merton, who had yet to find fame or peace of mind, had just converted from Judaism to Catholicism despite the attempts of Ad Reinhardt – later as famous as a painter as Merton was to become as a writer – to dissuade him. Robert Lax, whom Merton also wanted to talk into Catholic conversion, at first followed the advice his mother had given him shortly before her heart attack, and searched for his own roots. He began taking his Jewishness seriously, ate Kosher, grew a beard.

At that point, 1940, Robert Lax wrote a page for the New Yorker that caused a sensation. »A radio masque for my girl coming down from Northampton« – an early Beat scenario:

A RADIO MASQUE FOR MY GIRL COMING DOWN FROM NORTHAMPTON

PART I – AUBADE

Announcer:

Now, like a snail track,
Dawn on the windows
Creeps from the roof
To the eighty-eighth floor.

Second voice:

An Airdale, in the morning gale,
Strolls with a troll near the reservoir.

Deep,interpretive voice:

The city's supply
Of water is high,
But the reservoirs of life
Are low.

Announcer:

From the truck
To the walk
With a smack,
A pack
Of daily papers
Falls on its back.

Newsboy voices:

War in China!
War in China!
War at least in England, France, and China!

Deep voice (nudgingly):

Yesterday's papers roll in the gutter;
Yesterday's scream is a stifled mutter;
Life rolls by with a muffled motor,
Dropping the news with a thwack.

Announcer:

The tongue of the milk horse dangles wearily,
The tongues of the faithful lift in ritual.

Pontifical:

From her dove-gray lip the church draws in
A black tongue of people, of minds spiritual.

Announcer:

A tongue will convey the Host to the soul,
And to the body, viosterol.

Mixed chorus:

Tongues for stamps,
And drop-mouth gaping
Tongues for scrutiny and scraping;
Tongues of sick dogs lick the lawn,
And tongues will wag when teeth are gone.

Announcer:

From an eastern pane
Of a southbound train,
The tongue of my red-haired girl is plain
Contemptuous of dawn.

Newsboy voices:

War in China!
War in China!
War at least in France and China!

MIDWAY COMMERCIAL

Announcer:

Do you ever wake up feeling awful? *Does the day settle on you like a great straw hat? Are you edgy and impatient? Do you hate the voices of children? Do you ever say, »If the elevator doesn't come in two minutes, I'll kill myself.« Is your husband or wife the last person in the world you want to see? Then what you need is Opium.*

Opium, spelled O P I U M , is obtainable from any gray shifty-eyed little man at your nearest corner – not too near the light. OPIUM corrects the body's natural habits by turning the usual frenzy of waking into the beautiful serenity of your favorite dream. It conquers, scientifically, that awful *feeling that comes from too much normal living.*

Pipe-smokers, here's new fun for you! But smokers and non-smokers alike will find that OPIUM gives you two times the comfort at one half the cost. Don't beat your head with a shoe! Patronize your neighborhood cokey. Get rid of that awful *feeling.*

PART II – DEVOTIONAL
(Lead-in song:
»My Heart Belongs To Nobodaddy«)

Chorus of the people of Canterbury:
Longtime among us we have told the tale,
From the grayest lips to the tannest ears:
Soon the redeemer will come from North-
ampton,
Soon, *the tale has said for years.*

When will she come, the bright redeemer?
When, discarding the cobbleshoe of humility,
Barefoot, over the stubble field
of individual aspiration,
Will she walk laughingly?
Well, when?

(Song: »Grosbeak's Exception«*)

Other days are gray,
Today will be bright;
Other days are dull,
Today will be pretty;
Other days have hair in their eyes,
Today will be clear-faced.
Other days are Monday, Tuesday,
Wednesday, Friday, Saturday, and Sunday,
But today, today will be Thursday.

Other days are wet,
Today will be dry;
Other days are cold,
Today will be warm;
Other days say, »Wake up, stupid,«

Today will say, »Good morning, Arthur.«
Other days are Monday, Tuesday,
Wednesday, Friday, Saturday, and Sunday,
But today my girl comes, today will be Thursday.

Chorus:
When will she come,
The bright redeemer?
When walk laughingly over the stubble?

Train chugging:
Cras amet qui numquam amavit;
Quisquam amavit, cras amet.
(It pulls into Grand Central Station.)

Chorus of Redcaps:
Carry your cross, Miss?
Check your effulgence?

Cabbies;
Taxi, there, Miss?
Taxi, there, Miss?
Taxi, taxi, taxi, dear Miss? [6]

** This song is named for the famous German scientist John Hampton Grosbeak, who checked over all the calendars in the world and discovered that all the days of the week are named Monday, Tuesday, Wednesday, Friday, Saturday, or Sunday, except Thursday.*

Thomas Merton considered the scenario his friend Lax wrote for his ›girl‹ Nancy Flagg to be the best thing to appear in the *New Yorker* in 1940.

Unmistakable here is the influence of James Joyce, whom Lax admired and whose *Finnegan's Wake* had appeared a year earlier and sparked more controversy than the start of the Second World War. However, the witty, dadaist distance to the depicted scene is typical of Robert Lax.

For all the burning questions about the whys and wherefores of life, there was no alternative for Robert Lax than to find a job. On one occasion he was supposed to draw up an advertising show for Lucky Strike. After he handed in his text, the boss of the agency took him aside and said that although he thought he could write, he felt certain that advertising was the wrong place for him. To Lax's surprise, he pulled out a roll of dollar bills from his pocket and told him to take the time now to write his own texts.

The money was enough for the summer of 1940, which Lax spent with Thomas Merton, Ed Rice and other pals and girlfriends at his sister's summer house in the mountains of Olean. Everyone wrote, walked around barefoot, wore jeans and forgot to shave. Pretty uncustomary for the good, upright neighbours they would sometimes drop in on. Not every mother would have allowed her daughter to accompany them to this house without having second thoughts.

At the end of these intense weeks, Lax worked for radio, in the editorial office of the New Yorker, and at Friendship House, a charity organisation for blacks. He taught English at the University of North Carolina and became film critic for *Time* magazine, or rather: watched about four films a day. There was little else to do from Monday to Thursday; he tossed paper airplanes out of the window. Only on Friday did he know which film was to be reviewed, and in how many lines.

A look out of the window:

a young man
and a young girl
in grey, and pink
and black
sort down
27th street
like Adam &
Eve from the garden.

an accountant
in blue shirt
and pressed grey pants
looking around
all over the block
perhaps for an
adding machine.

and a sportive girl
in a lavender skirt
walks up the block
with enough strength in
her stride
to make it
to 168th street.

the greyest man
in the greyest hat
with the greyest shirt
and the blackest suit
walks ever-so-despondently
across the road.

and an old man
with legs like stilts
white hair and a distinguished
blue suit,
makes it as well as he
can
up the block.

solid
solid
solid,
a man in a well-fitting suit
crosses the road on an errand
he's almost persuaded is right

sunlight stands
within the gate
at the chase
manhattan
bank;
gold as all
the gold
inside;
and quicker
to go
its way.[7]

In 1946 he found a job in the film script department of Samuel Goldwyn Studios in Hollywood. In the evenings he held long telephone conversations with his favourite uncle, Henry Hotchener, who was chairman of the Theosophical Society. Hotchener was his mother's brother, and the tutor of the young Krishnamurti. Lax discussed with him the conflict he had in his ambitions to be a poet and to do charity work, and received the advice that no doubt put him on the right path: to say just what he had to say to all who were ready and came properly equipped.

On 1 September 1947 he noted in his Hollywood diary (published 1996) that

> *He was still absorbing his education. Still, at 31, he was watching, trying to make comparisons between what he saw & what he had read, what he believed must be true & what others seemed to believe. He became a part of the life around him only to a very limited degree. But he watched it; tried to make sense of it at all times. And by trying to make sense he realized he meant that he tried to make comparisons, classical comparisons drawn from history and simple comparisons drawn from the opinions of those around him.*

The reasons even for his semi-detachment were hard for him to understand.
There was a temperamental reason which seemed to be interior & perhaps habitual. An unwillingness to be attached. Perhaps a simple dislike for the risks inherent in attachment. Perhaps a more positive love of peace which left him unwilling to forgo the pleasures of his habit and to achieve the dubious rewards of those who went out to achieve the specific ends of attachement.[8]

Waiting. Searching. Lazing about …
There was another aspect of this which seemed less noble: his willingness to accept gifts to prolong his periods of unemployment. Along with this was a willingness to leave a job when it seemed vain to him. To wander from a desk when a fair day called to him.[9]

When Robert Lax went for a job at CBS radio, the application form asked him for his reasons for quitting each of his previous jobs. He felt he shouldn't hold back the real reasons for quitting from his potential employer, and wrote by one job »spring time«, by the next the German word »Frühling«, by the next »primavera« and by the last »printemps«.

He did not know if his own way of life had led him into the company of those of his kind, or if his whole generation in the land had (providentially or accidentally) been turned to meditative wanderers. He felt that there was a little truth in both these theories. But he had met few who were as thoroughly committed as himself, as generally reconciled to this way of life. He thought of the ant and the grasshopper and could not but feel that he & most of his friends were grasshoppers except that, like him, most of them seldom even fiddled.[10]

Like a grasshopper he, together with many of his friends, would change place with no apparent aim. Being out and about was a new, essential way of feeling. Jack Kerouac later described it in *On the Road*, published in 1957, which became a cult book for a whole generation. Kerouac was a former admirer of Lax, and for Lax Kerouac was a »nomad at the farthest border.« They started up a regular correspondence and during that period met face to face for the first time. Kerouac later phoned Lax once in a while when he was in New York. On one occasion, Lax recalls, cat-lover Kerouac took him to choose a kitten from a new litter. The owner immediately put one aside – that one's out of the question, it's too weak. In that case it'll at least have a couple of nice days, said Kerouac, and insisted on taking that very kitten.

On the road ... Robert Lax celebrated Christmas 1948 with the Circus Cristiani in Florida. The circus had been in New York and he had been fascinated and enchanted by the life of the artistes, which was so utterly different with its familiar, clearly ordered little world.

From that moment on the circus exerted a magic draw on him. Although he afterwards taught English again at Connecticut College, the circus had caught his imagination. So naturally he was thrilled when he received an assignment from the *New Yorker* in summer 1949 to write on the Cristianis, the circus family.

What was it he liked about the circus? The fact that the circus wants to be nothing other than what it is.

I have often thought how much like
a circus the world is, and how
the more like a circus it becomes,
the better.
These are some of the reasons:

More than almost anything in the
world, the circus is an end in itself.
(That used to be said of all art, but
too often literature
painting & music, even ballet turn
into means & servants of some other
end.)
No one jumps through a
hoop on horseback to prove a point
(except, incidentally, the point that
anything that is done proves i. e. that it can
be.[11]

The acrobats left a lasting impression on Robert Lax. Their artistry is play, irresponsible play combined with supreme self-control and presence of mind. This and only this is how Robert Lax could picture work – most especially the work of a poet. The immense demands he placed on ›work‹ as art became clear.

Perfection – that's what seemed truly worthwhile to him.

Like civilizations
and
everything
that grows,
it holds
in
perfection
but a little moment.

The world too is always in motion.
Nothing abides,
all changes.
A bright bubble
turns to the light
and is seen no more.
(For this poor world presenteth
naught but shows
whereon the stars in
secret influence comment)

Everyone who travels with a
circus is of use to the circus.
Nobody is just along for the ride.[12]

Robert Lax discovered a very pure form of religious devotion in the acrobat's playful work.

It is not acrobatics on horseback.
It is ballet.
Is is not comic ballet.
It is appropriately dignified praise.
An ancient
and very pure form
of religious devotion.
It is easy to compare it
to the child-like devotion
of the jongleur de Notre Dame;
but it is more mature,
more knowing.
Like the highest art,
it is a kind of play
which involves
responsibility
and control;
an activity which involves
awareness
and appreciation;
its own symbolic value.
Like the prayers of the old in wisdom,
it has the joy
and the solemnity of love.[13]

Art as a rite, an act of worship? Or art as art, as his friend Ad Reinhardt proposed? Art as a gratuitous act? Lax was still full of contradictions. Torn between the wish to actively accomplish something and the longing for contemplation. Or the one and the other, the one by day, the other by night?

By day I have circled
like the sun,
have leapt like fire.

At night I am a wise man
on his palanquin.

By day I am an acrobat,
spinning brightly,
a juggler's torch.

Nights I am contemplative,
drinking deep of silence.

Road, prairie, night
go through me:
Songs of praise
like mist rise up:
Blessings
tumble down
like dew.[14]

it wasn't the danger,
it wasn't the skill,
it wasn't the applause
that made the act what it was.
It was principally the grace;
the bringing into being,
for a moment,

the beautiful thing,
the somersault,
the leap,
the entrechat on horseback.[15]

»We perform a mystery of obedience and liberty within the law of gravitation and make a game of equilibrium,«

Lax quotes a rope dancer in *The Voyage to Pescara*, an unpublished manuscript about a period when he was touring with a small French circus in Italy.

Mogador, the acrobat Lax is thinking about here, is a nomad by choice, one of the wanderers of the earth with no fixed abode and no possessions. For possessions were a burden to him. We win when we lose, Mogador philosophised along with Kant, whom he probably didn't even know by name.

»Whatever is withheld is lost.
Whatever we give away,
whatever we throw away,
what we disburden ourselves of
is profit to us.
We keep giving things away,
throwing them out
like old chairs out of a house;
keep destroying
until
we can destroy
no more.«

»Because what is left
is indestructible«
I said.[16]

What's left is indestructible, is what we are when we have nothing and are nothing. Robert Lax searched for this indestructible core in people.

Circus for Lax is a small utopian version of our world. A way of life adapted to the fleeting, transitory nature of our existence, the feeling of being embedded in a universal coming and going, a universal family, a life that is open to all that happens at that instant. No ballast to weigh down the journey. Lax also grasped however that the artistes, the acrobats in a world damned to earn its bread by the sweat of its brow, are the exception. And he also learned to value the freedom of the lucky few who live like the lilies in the field. Having and being – it is all an illusion.

For we are all wanderers in the
earth, and pilgrims. We have no
permanent habitat here. The migration
of people for foraging & exploiting can
become, with grace, in (the latter days)
a travelling circus. Our tabernacle must
in its nature be a temporary tabernacle.

We are wanderers in the earth, but
only a few of us in each generation
have discovered the life of charity, the
living from day to day, receiving
our gifts gratefully through grace,
and rendering them, multiplied
through grace, to the giver.[17]

Dreams, utopias, have power. They invent paradises, a better world.

Our dreams have tamed the lions,
have made pathways in the jungle,
peaceful lakes; they have built new
Edens ever-sweet and ever-changing.
By day from town to town we carry
Eden in our tents and bring its
wonders to the children who have
lost their dream of home.[18]

Lax sees the circus as the counterpart to the world:

This is our camp, our moving city; each day
we set the show up: jugglers calm amid
currents, riding the world, joggled but
slightly as in a howdah, on the grey
wrinkled earth we ride as on elephant's
head.[19]

The circus showed Lax the way towards an acceptable approach to life and living.

Never touched earth – once in my life –
Lived in a dream, always, until
the Circus began to come
toward Rome ...[20]

For all his love of the circus, and despite the fact that he occasionally played the clown for the Cristianis – putting his own awkwardness playfully on show – Robert Lax did not continue his travels with the circus. He worked his experiences into his first book, *Circus of the Sun*, which appeared 1959 in New York. Not only did his friends, Thomas Merton, Jack Kerouac, E. E. Cummings and Robert Creeley, give it an enthusiastic reception; Ernesto Cardenal, who at that time was a novice under Thomas Merton, translated it into Spanish.

From this time on Robert Lax attempted to transpose his experiences at the circus, of art as play and ritual, into his poetry and daily life.

The debate about whether art is closely related to life or has absolutely nothing to do with it had reached its zenith in the New York of the early fifties. His artist friend Ad Reinhardt maintained categorically that »art is art is art« (if people want nature they should go and take a walk!).
An artist through and through, as Lax described Reinhardt. And he was first and foremost the artist whenever he appeared in public, whilst Lax was glad if he managed to seem just like one person among others. Lax stresses that he learned a lot »about painting« from his conversations with Ad Reinhardt. The clarity and purity that Reinhardt tried to achieve in his pictures meant he had to dispense with any surface structure. In his last works he even dispensed with colour and painted black on black.
For Lax these paintings were objects for meditation. But the idea that art should have nothing to do with life?
Lax started to have doubts about this.

I'm beginning to think
r[einhardt] was wrong

not r[einhardt], but an idea i had
of him that i practically
worshipped

that said life was the
opposite of art

& art was the opposite
of life

& proud of it

but i think life
has something
to do with art

& it's just a matter
of finding

the special point

at which the two of them
get together.[21]

To this day, Lax has seen it as his mission to search for the point where art and life touch. He finds it time and again as he makes his meditative, wandering way through this restless world. And he also succeeds – in a playful, childlike yet conscious and quite serious way – in capturing this moment of total concord in his poems by means of clear, simple words.

the light – the shade

bright
white

dark
black

bright
white

dark
black

dark
black

dark
black

bright
white

bright
white

bright
white

dark
black

bright
white

dark
black

dark
black

dark
black

bright
white

–

black
black

white
white

black
black

white
white

white
white

white
white

black
black

black
black

white

black
black

white

white
white

black
black

white

–

be
yond

white

with
in

white

be
yond

white

with
in

a
bove

white

be
low

white

be
yond

white

with
in

light

at
the

high
est
point

of
white
ness

dark

at
the

low
est
point

of
dark

light

at
high
est

dark
at
low
est

light

&
dark

at
high
&
low

white's
white
ness

black's
black
ness

red's
red
ness

blue's
blue

blue's
blue
ness

red's
red
ness

black's
black
ness

white's
white

black
black

white
white

red
red

blue
blue

red
black

blue
white

white
black

red
blue

black
black

white

red
red

blue

black
black

white
white

red

blue

wir
y

white

slack

black

bright
white

dim

bright
white

dim

dim
white

dim
white

dim
white

bright

from
a
white

to
a
black

from
a
black

to
a
white

from
a
white

to
a
black

from
a
black

to
a
white

from
a
black

to
a
black

from
a
white

to
a
white

from
a
white

to
a
black

from
a
black

to
a
white[22]

Here Robert Lax playfully sets off light and shade, black and white against each other, plays with contrasts, lets opposites play with one another, allows differences to dissolve. For Lax this game contains a hint of the harmony at work in the universe. It is the mystical experience of the world, in which both poles are seen as parts of the whole – and in his view a way of overcoming opposites.

Lax jettisons the ballast, verbal ballast – in keeping with James Joyce's dictum that one should write as if sending a telegram, where every word costs money, or according to Ad Reinhardt's maxim »less is more,« and to Merton's advice to pay attention to the economy of the means. But Lax also attempted to follow this central idea in his everyday life. Yet having no property was at odds with modern city life, and wish-free contentment at complete odds with a world in which consumption was everything. Living outside of time could not succeed in New York. The city was a burden, a disruptive factor.

Rather than give in, Lax set off in search of a world in which he could find the peace he needed to satisfy his requirements for his life and work, for artistic work.

He was on the road, and felt happiest with people who, like him, were almost permanently on the road. In Hollywood, while working on the script of *The Siren of Atlantis*, he felt most at home with the nomads, the north African Tuaregs who pitched their tents there for the film.

In 1951 he travelled to Paris, where his friend Robert Burford introduced him to the literary and artistic scene of the Seine metropolis. Lax advanced the opinion that, faced with the horrors of the Second World War, artists

should commit themselves to peace, justice and love, in the way Thomas Aquinus intended. In his view there is no such thing as a just war. He hatched the plan to publish a small magazine entitled *Pax*. His fundamentalist pacificism required a platform. Henri Matisse, Marc Chagall, Fernand Légér and André Breton promised to send him contributions. However, the printing costs proved so large that the project had to be put off until his return to New York.
(*Pax* appeared as a four-page folded sheet of varying format between 1956 and 1962 in New York. It was made using the left-over paper from the magazine *Jubilee*, which Robert Lax co-edited from 1953 onwards. Eighteen issues appeared in all. Ad Reinhardt saw to the first issue, and Jack Kerouac, E. E. Cummings, Ernesto Cardenal, Marc van Doren, Thomas Merton and of course Robert Lax those that followed.)

Lax travelled on from Paris to Marseille. Resolved to work for peace, he presented all of his superfluous clothing to shady figures. He even shared his room and his meagre food with them. Why? He quoted the example of the stone that, when tossed into the water, creates ever-increasing circles of ripples. (Krishnamurti used the same image – which may well indicate the influence uncle Henry Hotchener had on both thinkers.)

One year later, 1952, he was back in Marseille. (And once again ten years after that: this time as a travelling reporter for *Jubilee*. Quite by chance he met Allen Ginsberg and his friend Peter Orlovski, who were on their way to India. Up in his hotel room, Kerouac presented Lax with a copy of his newly published work *Kadesh*. Then Lax accompanied Kerouac and Orlovski to the station and ordered one portion of ice cream and three spoons at the café.)

The Marseille book was published in 1996 in *Love Had a Compass*.

In 1952, Lax drove on from Marseille to Rome, where he was put up by the Trappists. His abortive attempt to visit the Pope was quite an adventure. He and his companion were escorted out of the audience chamber by the Swiss Guard after they had caught the guards' eye: they had obtained the necessary tickets through dubious channels, and stuck out like a sore thumb in the group they arrived with. His stay with the Trappists did not last long: the prior of the monastery asked Lax to leave because his constant typing proved annoying.

For the first time in his life he hadn't a penny to his name: he had spent his last lire on a telegram to Paris asking for money (which failed to arrive). The Chilean painter Matta allowed Lax to spend the nights in his studio at Via Margutta 17. He spent the days waiting. Waiting for a miracle that would change his financial plight? For the circus announced on the hoardings? He sat, barefoot in his shoes, on the Spanish Steps and waited, and he wrote about waiting. He noted how important an activity like waiting was in his life. Waiting and searching. That's what he always did alongside his other activities. Although the way one waits changes from time to time – according to the phase of life one's in – Lax says that when one waits one becomes aware of oneself. With that one discovers something about oneself – an experience that cannot be conveyed, which everyone has to make for themselves.

When the French circus finally arrived, he was there from morning to midnight and soon knew the entire circus crew. When the Alfred Cort Zoo Circus then set off for Populi and Pescara, the French clown, the dwarf and the

Swedish juggler invited him to accompany them, just as he had hoped.
He travelled with them, high up on top of the lorry, in the folds of the circus tent.

Like *The Voyage to Pescara*, the circus book *Rome* has yet to be published.

His notes on the French circus's winter quarters near Paris are stored, unpublished, at his publisher's in Zurich, in the archives of Columbia University, or in one of the many boxes or blue rubbish bags that lie full of manuscripts under the table of his living-cum-bedroom in Patmos. He has never paid much attention to having his works published.

what do you most
wish for
in all this world?

am i supposed
to wish
for something?[23]

The circus runs through Robert Lax's life like a red thread. He feels a kinship with everyone who has not planned their lives down to the last detail, who have not settled down to the point of immovability. This includes the Gypsies, and Lax picked up a few words of their language in order to make conversation with them easier, as well as with the »Space Gypsies«, as Lax calls them: the Russian cosmonauts and American astronauts. He managed to attend their annual meetings as a photographer, knew almost all of them. And he found that unlike the technical, academic Americans, the Russian cosmonauts tended to be romantics and reminded him of clowns. Alone in space for months on end, what an experience, that's something a monk or mystic can only dream of, says Lax.

Robert Lax has never settled down anywhere permanently. He keeps his suitcase permanently at the ready. Even after turning his back once and for all on New York in 1964 and withdrawing to Greece, he kept changing location, island, home. But whenever a circus came to Athens, he puts up with the onerous twelve hour sea voyage and spends his time with the circus folk. And everywhere he comes across old friends.

This word juggler has an inner calm, and this and his tranquillity is the prerequisite for his art, for playing with words.

whatever you have
to say
will get itself
said

don't worry

who worries?

that's all i'm
telling
you:
don't[24]

II. 21 PAGES

Portraits Of A Moment

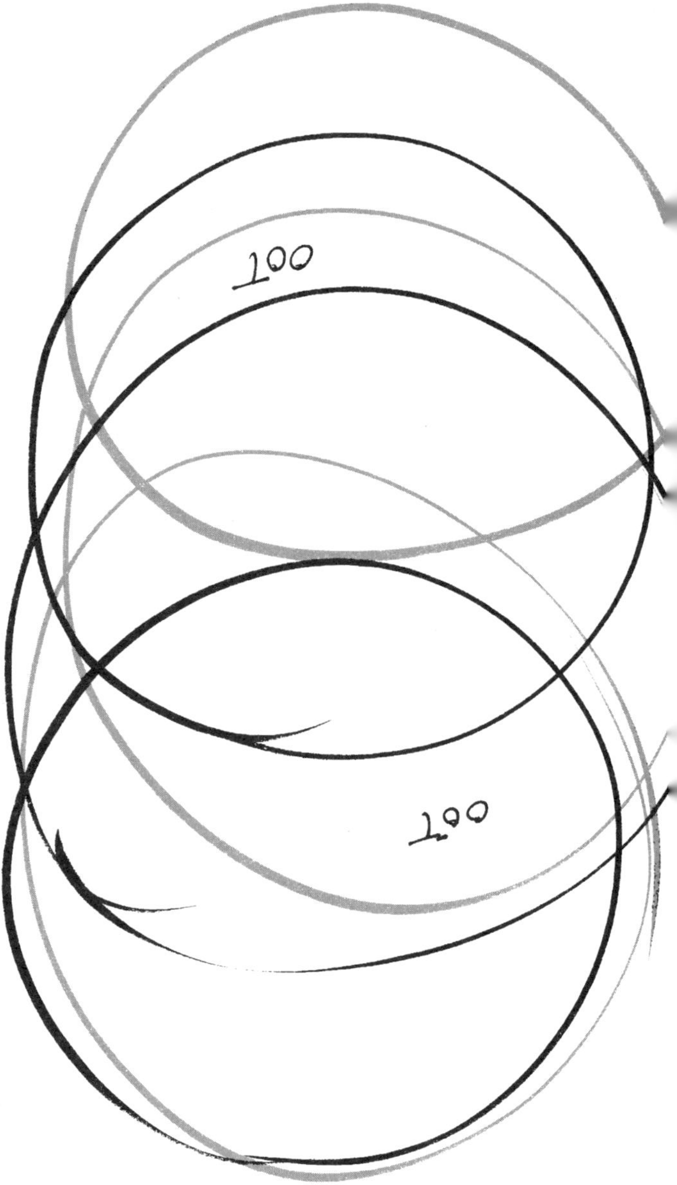
100
100

hurry
up
hurry
up
hurry
up

slow
down
slow
down
slow
down

hurry
up
slow
down

hurry
up
slow
down

hurry
up
hurry
up

slow
down[25]

For many years now Robert Lax has refused the challenge of acceleration posed by our hectic world. Long before Virilio's critique of speed, he pitted his »slow down« against the tempo and bustle of the modern city, determined not to keep up with its frantic pace. He resisted quite consciously, if in quite private way, acting as a spanner in the works. Throughout his life he has literally trained himself to do everything as slowly as possible.

On one occasion, for instance, Robert Lax had waited in a taverna on a Greek island for a ship. As he left it and went to the harbour, he saw that the ship was in the process of casting off. Without hastening his step, he continued towards the ferry. The captain explained on board that he had only waited for him because he had walked so slowly – if he had broken into a run he would have taken the greatest of pleasure in sailing off without him.

Thanks to this deliberate slowness, the poet has been able to capture countless precious moments in his laconic poems, episodes, fables and diary entries. These are moments outside of time, outside of our time, scintillating particles of a cycle that stretches out across our time, and that can be summoned at any moment by one and all – which is what makes them so overwhelming for the reader and listener. »Portraits of a moment« would be an appropriate title for many of Robert Lax's poems and sketches.

One sunny spring day, while working in the advertising department of CBS radio, Robert Lax was standing in the lobby when he noticed how all the people who were going about their work and were waiting with him for the elevator kept looking at their watches. He swore never to wear a watch again.

At that point Robert Lax had spent a lot of time searching for those moments outside of time, moments as powerful as those of the rainy night he recalls at the beginning of his imaginary poetic autobiography *21 pages*, and about which nothing particular can in fact be said:

> *Something I remember about standing in the rain, on the street, upright, of course, and in the driving rain. Not driving, a vertical downpour. Night and under a light in the downpour of rain. Did I ask any questions then? Did I see a face? I was absolutely alone on the street. Alone. I was part of the rain. Not part of the rain, part of the moment the rain was about. I knew where I was. I knew what I was doing, I knew what the rain was doing. There was nothing particular about it to recall.*[26]

These moments of inner accord – in which consciousness ceases to play the observer and instantly to criticise, evaluate and categorise all that occurs – are so profound and magnificent that poets throughout the ages have attempted to capture them in their works. Even the most vociferous tell how these moments of silence left them lost for words. »And my spirit, dazzled and mightily amazed, remained motionless, silent and expectant, and my amazement blazed on while I froze in astonishment,« wrote Dante. »The clock of my life drew a breath« is a corresponding image from Nietzsche. In the silence of the moment, the world seems perfect.

Listening to the silence without being scared of the void – that is an established method of mystics and of far eastern religions. Silence speaks, eloquent silence is not viewed by them as essentially a contradiction. People who have chanced to have this mystic experience of oneness with the cosmos have often a quite natural need – as is the case with Robert Lax – to keep investigating these moments outside of time and space. Robert Lax's poetic work gives testimony to such experiences.

When the wind blows, I listen to the wind; when the rain falls, I listen to the rain. I sift through the sounds to see if there's another. To see if there's one I can cling to and call my own. Nothing so far.

I open my eyes in the dark and see darkness. I close my eyes and see darkness, even in the light. All the same darkness. Almost the same. Light comes and goes, but the darkness stays. Almost always the same. A fairly steady darkness. One you can count on. Almost.

Sounds come and go, but the silence remains. Silence, unbroken, except for occasional noises. The substance is silence, dark silence. There's always some stir, some light, some sound, then they stop, and there's only dark silence.

I wait in the dark, in the rain, no sound but the rain. Waiting, not waiting, doing nothing but waiting. Does the darkness move? Does the silence move? They don't, and neither do I. Are they waiting? I have no way of knowing.[27]

Silence uninterrupted by nothing. Incidental sounds do not infringe upon it. Waiting and not-waiting are one. Is the darkness, the silence, moving? As little as he moves.

Darkness is an impenetrable chaos on the path to reduction, to an order, an accord, a form.

As Lax writes, these are

moments that pass like parables or beads on a string, drops on a line, rain on a branch. A million disparate moments make the whole.
What is interesting in a way is what it is when it is nothing and what you are when you are nothing. In these really quiet moments you keep coming to discover what the source of it all is outside and inside.

He questions whether there is such a thing as timelessness. But he has no doubts that he knows a time that is longer than the one registered by the body. He moves through time as if he had become an eternal whole existing beyond the fleeting moment. *I saw each object then in its relation to a timeless being,* says Lax.

These moments outside of time grew so important to Lax that he resolved *to sing you of the moments, sing you of those possibly meaningless moments:* Portraits of a Moment.

It is not surprising that he felt drawn from his youth to such mystics as Francis of Assisi, Nicolaus of Cusa, Thomas Aquinus and John of the Cross ... He talks of a natural kinship to these thinkers, which he already sensed as a young man.

> *I don't know if it waits, but I think it moves. The darkness does. There are masses of it, masses in it, and they shift. A silent moving of force against force, mass against mass. A feeling of chaos, too. Not total chaos.*
>
> *Movement of dark things in darkness, looking for order. Looking for some relief from total, all but total, chaos. Dark things moving in darkness, trying to find some kind of adjustment, some form of order. I look into the dark and see darkness, no more light than at the half-imagined edges of these dark objects. Darkness made up of objects slowly turning, jostling and turning, slowly turning, trying to discover some kind of accord.*[28]

If one stands before the black monochrome tableaus that his friend Ad Reinhardt painted during the last years of his life, one experiences something similar to what Lax felt as he stood in the nocturnal rain: one is virtually sucked into the darkness of his paintings until forms – squares, stripes – become apparent in the apparent chaos. A harmonious order that only reveals itself to the meditative observer. These late works from Ad Reinhardt are able, as Lax says, to make the mirror before consciousness disappear for a second and, like some aiming device, point the mind for a while in the right direction. Not at apples, nor at landscapes, not at this and not at that, but at nothing, tangible nothingness.

A nothingness, however, that is simultaneously everything. Lax and Ad Reinhardt realised that it is necessary to enter the darkness and witness the collapse of opposites after they read the works of Nicolaus of Cusa.

> *»A thing that is, the way it is, is wonderful. A thing that's been fixed can hardly be wonderful. A work of art is a work of art, it is the way it is,« wrote Lax in an unpublished poem.*

His friendship with Ad Reinhardt lasted 40 years, as did his friendship with Thomas Merton. Both friends were strong personalities. Ad Reinhardt was accustomed to read him his texts. He was so serious and convinced by what he wrote that Lax simply listened without ever discussing it. On top of which, Lax found it easy to concur with two absolutely contrary positions: all he needed to do was think long enough and deep enough about the matter. This peculiarity, which is quite normal among mystics, almost led to Lax being beaten up at college, as Merton tells us.

Lax shared with Merton an interest in the mystic and religious experiences of different cultures. Merton described Lax in his best-seller *The Seven Storey Mountain* as »a kind of combination of Hamlet and Elias. A potential prophet, but without rage. A king, but a Jew too. A mind full of tremendous and subtle intuitions, and every day he found less and less to say about them, and resigned himself to being inarticulate. In his hesitations,

though without »embarrassment or nervousness, he would often curl his long legs around a chair, in seven different ways, while he was trying to find a word with which to begin. He talked best sitting on the floor.
And the secret of his constant solidity I think has always been a kind of natural, instinctive spirituality ...
He had a mind naturally disposed, from the very cradle, to a kind of affinity for Job and St. John of the Cross.
And I know that he was born so much of a contemplative that he will probably never be able to find out how much.
To sum it up, even the people who have always thought he was ›too impractical‹ have always tended to venerate him – in the way people who value material security unconsciously venerate people who do not fear insecurity.«[29]

The nomadic feeling is lodged deeply in him. As is the feeling for the transitoriness of time.

In *21 pages*, the narrator goes with humour and feigned naivity to the man who is responsible for time and its measurement: the clockmaker, the hour-glass maker.

He starts working for this man, who has constantly time before his eyes and who determines the measure of the hours, as it were. He dreams, or hearkens to the silence – and that is his principle occupation. With the hour-glass, which Death holds in his hands, before his inner eye.

I found work at last: watch-maker's assistant. Clock-maker's, rather. I brought him the sand. He fashioned the globes and measured the hours. I brought him minuscule white cups of coffee too: not every hour, by any stretch, and not often even on time. But it was a job, a means of livelihood of sorts, that didn't interfere with my real work, my continuing preoccupation. Or hardly ever did. He didn't like dreaming; he did like the sound of feet running. What he got in the hours, days, nights and what must have been months I was with him was a little of each.

Some running, some standing and dreaming. More running. More standing, sitting, or leaning against the doorframe, obviously dreaming. It was, as I've said, a livelihood; not rich, not an inch above subsistence, but enough to let me continue in my chosen way.[30]

Reality transposed into image with the assuredness of dreams. Images that trace out an inner development and are only indirectly related to Robert Lax's outer reality. An inner biography.

What does it mean to waste time?
What should he use his time for?

The problem of time and his job as film critic for *Time* magazine in 1945/46 are poetically linked in his *21 pages*. Time measured in sand, or in the regularity of the cups of coffee. It was a job in which Lax was compelled to watch the clock, but that nevertheless left plenty of time to dream.

Aged barely 25, Robert Lax set out at the beginning of the Second World War to find something that would be worth devoting his time to.

> *My way at that time was ill-defined, but pursuable. There were nights, midnights, when I could sit up alone on the cot he'd assigned me, eyes closed, eyes open, to watch, to wait, hardly breathing, fully alert, as alert as I could be, to any change in the dark's part light but mostly dark configurations. This watching might go on for hours, one or two, one, two or three, sometimes till just a moment or two before dawn, till at last I'd lie down again for an hour's sleep. The longer the long night's watching, the slower the next day's running for sand and coffee. The less dreams by night, the more by day: standing, sitting, listing, leaning, mooning about on the master's time and premisses. The situation was bound to end one day, gently or abruptly by mutual accord, and before many days, weeks, months had gone by, it did.*[31]

He threw in the job because he failed to find what he hoped for. But the search continued ...

The situation ended, that is, the job did, but not for a moment my underlying pursuit, if anything it intensified in the months of physical fast and privation that followed. The cot was gone, but the world had become my pallet. Wherever I slept or slept not was now my preserve. I've forgotten the number and kinds of places I found: whatever was shelter. I didn't need much. The weather was clement and I'd grown accustomed to the rigors of un-cushioned existence. My observatory powers in the meantime had grown keener. I could see in the dark. I could see much further into the dark than before.[32]

Even in retrospect, Lax views his existential uncertainty as positive:

I saw more then than I had before, and more than I see now, in my present state. My fallen state. But I'm getting ahead of my story, if that's what it is.

My fallen state, if that's what it is. My dark night of the soul, if that's what it is. My long night's waiting, if that's what it is. I saw a lot more then, on those nights of sleeping, not sleeping under bridges, sleeping, not sleeping on benches, under trees, in barn or on church step than I'm seeing now. No matter. I continue to watch.[33]

He continues to watch and to listen, that alone counts.

I continue to watch, and that's what counts. What counts, if anything does. Something does, but the question I more often ask myself is who counts it? Do I? I do. But does anyone else? Does anyone else in the universe count what happens? Does anyone else in the universe know what matters? Does anyone care, I mean, personally care? Ah, well, why get into that, as long as I do.

And I do. Seem to. Seem to want to know what's going on. From moment to moment. Why it's going on. What counts, from moment to moment. I want to know. Seem to. Seem to want to know. Seem to want to know what it's all, or even, what any small part of it's about.[34]

21 pages consists of 21 written pages, 21 pages of manuscript from an inner biography. Written without break during one single night by the light of a torch, using images that render everyday life in the manner of dreams.

> *I worked for a while for an entrepreneur. I brought him the cardboard. He cut out the forms. I ran for the oil; he filled the lamps. At night his shadows moved across the screen. Children in the audience screamed with delight, but I trembled. After the first few evenings I didn't watch at all. The works were comedies mostly, but not for me. Too many characters beheaded, or almost beheaded. Too many hard slaps delivered to the jaw.*
>
> *It wasn't the proper environment for me to grow in. I told him so, not knowing whether or not he would understand. After a number of days, nights, weeks, months, the arrangement came to an end, and I was left on my own again, still waiting.*[35]

That is Hollywood – in Robert Lax's inner biography. His work writing film scripts at the Metro Goldwyn Studios 1946/47.

Everyday life, poetically distilled and recast. He had worked on a number of films for the director Arthur Ripley. Together with Rowland Leigh, he wrote the script for the film *The Siren of Atlantis* based on Pierre Benoit's novel *Atlantide*. The reality of a dreamer?

I worked for a printer for a little while.
I brought him the wood. He cut out the
letters. He'd line them up and we'd
smear them with ink. I brought him
wine, too, and a handful of almonds
every so often throughout the day.
I don't know what his novels were about,
but the work was peaceful. I'd have
stayed with him forever if he hadn't
been arrested. I was out for wine and
almonds when the authorities arrived.
The shop was empty when I returned.
Letters and ink all over the floor.[36]

A poetic retrospective of Robert Lax's day-to-day life on the editorial staff of magazines like the *New Yorker* or *Time* during the forties.

The work had nothing, or not enough to do with him personally.

back to the streets, the parks, the quays.
Back to standing and looking, watching,
not watching the passersby. Looking for
a face. A face in the crowd. A particular
one that I'd recognize and in a particular
way. Did I think I'd find it? Did I know
I'd find it? I knew I was engaged in just
one thing: in looking. Looking and looking.

And back to nights of looking, outward and in not knowing which way I'm looking, but waiting and looking. Back to the night-watch. Day-watch and night-watch. Dusk to dawn, dawn to dusk. Mid-day to midnight. I don't say I didn't tire: I did. I tired, but I didn't give up.«[37]

His journeys took him increasingly to Europe, and time and again he spent his days at or on tour with the circus.

He didn't give up, because he couldn't. He didn't, because he was made to go on waiting. »*There's no giving up on the thing you were made to do. There's no giving up on being who you are,*« Lax summed up.[38]

JUST
MID
NIGHT

&
THE
RAIN

BE
GINS
TO
SPEAK
A
GAIN

AN
OTH
ER
MES
SAGE

TO
THE
HILLS

A
LAST
IN
STRUC
TION

TO
THE
GRASS[39]

Robert Lax never tried to be like others. Did he have any models? He had the ability to learn from others. Open, unbiased, he appears to have always discovered in others whatever it was he needed in his search for self.

Important for him was his meeting with Brahmachari, the young Hindu monk who set out on foot from Calcutta to the Ecumenical World Congress in the USA, and arrived two years late in 1938. »A monk as a bird is a bird,« Lax described him.
In complete disregard of the regulations of their hall of residence, Lax and his friend Thomas Merton put him up for several months in their rooms at Columbia University.

Brahmachari observed American society with the eyes of a stranger, and thus unwittingly altered the way the two students saw things. They began to question much that they had previously taken for granted. Brahmachari's remarks were free of any sarcasm or irony; he did not evaluate, but simply noted and burst out laughing – which was simply an expression of his utter astonishment at the way he saw people living their lives there. Dressed in a white robe, a pea-yellow shawl, a yellow turban embroidered in red with prayers, and his blue sneakers, he was a messenger from another world. The fact that Brahmachari hadn't a cent to his name and despite this didn't feel the slightest worry or care, but instead radiated a phenomenal calm, made a deep impression on the two friends Lax and Merton. He had such a deep inner repose and acted so confidently that it seemed he had a direct link with heaven and the world lay at his feet. His sincerity and warmth were like signs from a higher sphere. Brahmachari was not the slightest bit bothered about politics. Lax had the feeling, as he says, that Brahmachari was in touch with something like a timeless world in which we all exist and in which, if we were to do nothing but live a life of quietude, rectitude and goodness, everything else would come of its own accord. For Brahmachari, the life of the spirit was the only possible choice. He lived in the moment, in the present moment. Love and devotion – Brahmachari exemplified his message. He was, as Robert Lax says, a wonderfully gentle person. There can be no doubt that Brahmachari had a lasting influence on Robert Lax's human dealings.

A sequel to the *21 pages*, which was originally planned as a 600 page book, appeared with the title *psalm*. It contained a *»homage to wittgenstein«* whose *Tractatus logicus philosophicus* had deeply moved Lax after reading it at Ad Reinhardt's.

> *no time stood for long; no moment endured forever. each moment proclaimed the business of the moment. in every moment, hidden or manifest, there was a possible fulfilment.*
> *each moment made its demand, and each its offer, each was a sphere; each held to its sphericity a moment.*[40]

Lax's text entitled »Tractatus« describes the transience of time, and speaks of the work on and inside the moment: opening himself to the moment, perceiving it, experiencing it and living it to the full became Lax's tasks in life, and conveying these moments the purpose of his poetry.

The »timelessness« that Ad Reinhardt pursued as one of the preeminent aims of his art, is also attained by Lax's poems when they capture these moments outside of time, or in any time of one's choosing, and separate out timeless truths from everyday life.

the
red

(grow-
ing
dark)

con
front
ed

the
blue

the
blue

(grow-
ing
red)

con
front
ed

the
red

the
red

(grow
ing
blue)

con
front
ed

the
blue

the
blue
(grow
ing
dark)

con
front
ed

the
red[41]

»Wisdom is an axis for the world and spells a reprieve for the prisoners of time,« says Robert Lax.

He breaks out of the prison of time, searches for answers to ancient questions and – wisely – takes the appropriate steps on the basis of what he knows.

> *What is man? Well, what am I? Could I be*
> *something man is not? Could man be some-*
> *thing I am not? Whatever man is, I am.*
> *And if I don't know what I am, or what man*
> *is, does any man?*
>
> *What do I mean by asking what I am? I am*
> *what I am; but that's an undefinable being.*
> *Or an undefined one.*
> *If I am what I am right now, I'm not what I*
> *was a moment ago, or what I will be a*
> *moment from now.*[42]

His life changes daily. He does not put anything off, is not fleeing, rather he is on the path to what he views as the essence, which is outside of time. In view of our transience he has arranged his life in such a way as to give the present the significance it deserves.

> *Do I wish I was out of this world of odd*
> *situations?*
> *I didn't say that.*
> *I only wish I could handle a few*
> *or that someone could handle them for me.*
>
> *I don't like to think about situations.*
> *I like to think about other things,*
> *the way things are,*
> *the way things grow.*

grow & decline
die & come
back to
life[43]

His simple, monkish life is governed by a »reduction to the essentials.« The small house with its view over the harbour of Skala in which he currently lives is on the edge of town, half way up the hill. It is a typical Greek island house: a white cube with a blue-painted door and matching shutters. It is attached to the next-door house and consists of a room, a second, very narrow room with just enough space for a bookshelf, a kitchen and a bathroom. It can be seen that the living-cum-bedroom is used for writing. Only the barest essentials are allowed any place there.
Lax includes an inventory in his diary entry of 28 January 1985:

a single room with little furniture
a few things on the walls,
a number of things on two tables,
and on a kind of sofa that's
used as a table a few things on the floor,
a cot, a sofa,
three chairs, two tables. two rugs,
one heavy one light one big one small.
one table lamp, one round electric heater.
a metal and frosted glass chandelier,
with three small frosted electric bulbs.
the shape of candle-flame.
on one chair sits the typewriter.
its cover leans upright against the sofa.
i sit cross-legged on the cot,
in front of the typewriter on its chair ...[44]

This is followed by a list of presents from friends. Lax reflects on his relationship to things, to time and space, in a diary entry from the same day:

> *bringing things into line drawing many things together into a single line like a mama ship drawing little boats behind it mama fishing-boat fishing caiqui drawing many little fishing boats lamp boats behind it as it heads out of the harbor for a night at sea, night of spreading the nets and waiting. drawing all things, many things into a single line, spreading nets too, and waiting*
>
> *dealing with the moment and dealing with past moments, pulling past moments into a single line. past moments yes and present obligations. the present moment and its obligations. the present moment and its invitation.*
>
> *drawing all things together in a single line. a line of writing, of drawing, line of a bow pulled across the line of a string. line of march, line of life, line of white thread pulled from a spool*
>
> *pulling things into line, pulling wandering things together in a single direction, a single flow, as brooks find their way to a stream, streams to a river and river to sea*
>
> *bring things together, many to one, as vertebrae to the back-bone when things are in line, they speak to each other when things are in line, they speak to the whole*

things are scattered all over the room, are any two related?

they may be related, but little in their present order will tell us how they are

things are in separate piles, but what has one pile to do with the other, and what do they all relate to

does anything presently in this room have an absolute right to be here it probably makes more sense than at first it appears to and it will make various kinds of sense to various kinds of observer.

i'd like it first of all to make sense to me, and it begins to[45]

III. JOURNALS

The Mystic Journey About One's Own Axis

UT UT
VERY
OOT OOT
LOVE,
WAGWAGWA

when i left new york for greece i had hoped only to find a quiet place to live for a while and write some poems. quiet and inexpensive. if i could have found an uninhabited island where i could forage for myself, i think i'd have gone there. i did not come looking for people, or for nature, much less for history: just for quiet. i thought i needed it for my work, as a photographer needs a dark-room.[46]

Robert Lax was just fifty when he departed from New York in 1964 and withdrew to the Greek island Kalymnos.
The hectic city had become increasingly claustrophobic. What was keeping him there? New York questions weren't his questions, and New York answers were the last he wanted to hear. He had the feeling he knew all the questions and answers the city had to offer, and was sick of them. Nothing that the people there had to say continued to affect him in any way.

The metropolis was too bustling, its needs too artificial, the human side scarcely distinguishable. Lax had started going more and more to Greek restaurants after work – at least the landlords asked him how he was doing and showed a modicum of sympathy. He liked the Greek food and the music. One evening in the middle of winter the elderly landlord of a tiny Greek café on 12th Street offered him a cigar. Lax declined, saying he didn't smoke. The old man insisted he smoked one, so Lax did so. He came from northern Greece, the landlord said. A person like him, Lax, was bound to feel happier in Greece than in New York. He must have seen that the sensitive, retiring American wasn't terribly at ease in New York.

The idea to take the landlord's advice and travel to Greece worked away in Lax's subconscious. But it was not for another several months before he realised that, ever since that evening, he kept stopping in front of shop windows displaying luggage.

Being no expert in making decisions, as he puts it, he has often liked to take the advice of others, all through his life: as signs from heaven. But although every one of his friends advised him against turning his back on reality, Robert Lax set off for Greece. For a few months, he thought, but the months grew into years. Robert Lax remained, and as one of the first to opt out of society he has inspired quite a number of others over the years.

One day when he wasn't happy in Kalymnos he said to himself
alright if you were back in New York now where would you be?
And the answer was immediate: he would be down on 12th avenue watching the boats go out for Greece.

Greece has become his second home. Lax, now 84, says he would even swim back to Greece if someone were to attempt to detain him in New York.

> *Lipsos, November 25, 1969:*
> *night seems lighter, less heavy here than in kalymnos, and considerably less heavy than in new york. the weight of people stirring around at night, the weight of their thoughts, the weight of their plans seems to create a physical pressure in the air above all the cities: creates, that is, a psychological pressure so strong that it seems tangible, physical, bears down like a weight on the shoulders.*[47]

He enjoyed the feeling of relief. But a Greek island is not a place of quietude. Bright lights, noise, people, mopeds. You are never alone, are constantly being observed. He knows that now. As he arrived at Kalymnos, at the furthest-flung border of Greece with Turkey during the first rainy months of 1964, he was pleasantly reminded of Marseille, and above all moved by the people's friendliness.

He spent the first years on Kalymnos. In various houses, simple places with kerosene lamps and no running water. Off the beaten track – and yet accepted as part of the community. His friends were fishermen and sponge divers.

The people on the island are different, he noted:

they
're
dif
fer
ent

they
on
ly
live

those
peo
ple

are
dif
fer
ent
they
on
ly
live

what
a
bout
you

?

don't
you
just
live

?

i
don't
know

they
're
dif
fer
ent

(all
they
do
is
live)[48]

Lax was still searching for more meaning in life, for a meaningful life. He had always questioned everything in the past and never taken anything for granted. When asked what would happen if no more questions occurred to him, he impishly replied that he would doubtless ask what was up with him.

Doing nothing but living – is that wise?

> *to live among greeks (and especially, perhaps, among kalymnians) is to live in an atmosphere of wisdom.*
> *where among kalymnians is the greatest degree of wisdom to be observed? i think, almost certainly, among the fishermen.*
> *what are the wise things they say and the wise things they do? only by living among them, watching them carefully, listening attentively can one learn from them gradually.*
>
> *learn to be a fisherman? learn, slowly, to be wise.*
>
> *to live among wise people is to learn wisdom gradually. can wisdom be learned? can all men learn wisdom? i think almost all men can gain somewhat in wisdom and can gain more in wisdom by living among the wise.*[49]

On these islands, living wisely means accepting life as a great archaic cycle that has established itself over the centuries.

What did he like about the islands? What made him stay?

Not simply the contrast between these rural islands and the industrial towns of America. He also found a pristine world here on the islands, far removed from the bustle of our times, something like a draft of a utopia, an earthly paradise.

When asked what he would change in the world he came from, he replied succinctly: everything.

He was also an outsider here on Kalymnos, Lipsi or Patmos. The people on these barren islands are dependent on one another. There is something eery about someone living on their own and actually seeking solitude.

Solitude stirs the imagination, says Lax. At the same time his solitude and his foreignness captured the imagination of the island's inhabitants, as described in *Journal F*, published in 1997.

> *stellio, when i asked him once quite confidentially, how he thought i was doing with the community here (fishing community particularly), all of whom say they like me, answered fine, just fine, but no one, absolutely no one knows what you're doing, and everyone wonders (why you stay so long) & what your work could be like. i told them i've been to your house a number of times & i can see what you do: you write poems and take pictures sometimes. i tell them, but none of them knows what to think.*[50]

Lax records the things he notices, and writing makes his powers of attention especially acute.

march 20/64 kalymnos

this is the afternoon and so it is time to make a poem of the afternoon, to come up from under it with a long sigh and to swing into it from above: the afternoon, the golden time: to have no subject but the world, life and the world, life in the world, the texture of life, the texture of every minute as it passes

this is the afternoon and so it is time to make a poem of the afternoon (the afternoon is making a poem of itself)

afternoon, the afternoon, the people stand on the sunlit quay and wait for the kanaris.

they stand on the quay and wait for the boat: the canaris to arrive ...[51]

Description is an exercise in articulation for one who produces few words. Letting the moment be a »present« – both in the temporal sense and in the sense of a gift – keeping an eye on it, describing, distilling, recasting it as poetry. Edging gradually forward to the essence: his poems, himself. Helping his self into the world, as he puts it.

like a slowly cooling
giant lens

made of particular
grains of sand

heated to a point
of fusion
–
when the whole has cooled
it may give us some perspective
on a far-off world

& bring it close to
hand[52]

There are echos of Zen – Lax and Ad Reinhardt read Alan Watts together, a writer whose works are an excellent means of approaching eastern thought. Lax numbers Suzuki among his favourite teachers, and Basho and Chuang Tzu among his favourite writers.

The spirit of Zen – total seriousness combined with a humorous distance to all serious issues – emerges in numerous of his texts and poems:

Aug. 23, 1994

if you
go

to
seek
your
self

&
find

X

hid
ing

in
your
clos
et

what
are

you
go
ing

to
do;

say,
›that's
not

my
self‹,

&
close
the

door

?[53]

Inner and outer discipline – finds its expression in formal means. And their economy corresponds with his asceticism. Lax's are »minimal poems,« bared to the essentials.

one
mo
ment

pass
es

an
oth
er

comes
on

–

how

was

was

how

is

is

how

will
be

will
be

was

was
n't

is

is
n't

will
be

won't

–

is
is

was
was

was
is

is
was

–

was
was

is

is

is
was

was
is

–

is

was

was

is

is

was
n't

was

is
n't[54]

A meditative game with »is« and »was,« past and present.
Quite easy to understand, but hard to grasp. The impermanence of all being remains – one of the fundamental problems of philosophy and religion everywhere. The fact that the two words »is« and »was« allow themselves to be brought together with so little resistance is viewed by Lax as a possibly chance outcome of all philosophy and religion.
The transition from being to bygone is the black hole into which everything in the present moment falls. Faced with the undeniable fact that these moments follow one another with brutal ruthlessness, Lax has done the logical thing rather than hide his head in the sand like most other people: he has organised his life in such a way that the »is«, the present, is given the importance that is its due.
All that is past ceases to count.

Can his poems be read as philosophy?
If you inscribe a simple line across the centre of a canvas it has a significance. It stands in relation to the entire tradition of handed-down knowledge.
If you use a word like »serious« and talk of a »serious game,« and play seriously with black and white, then you are also playing with philosophy. Joyce said that the value of a work correlates with the depth of the artist's spirituality.
If philosophy is anything it is love of this handed-down knowledge.

ONE ISLAND

I

cir
cle

of
brown

cir
cle

of
blue

cir
cle

of
brown

cir
cle

of
blue

cir
cle

of
earth

cir
cle

of
earth

cir
cle

of
sea

cir
cle

of
sea

cir
cle

of
brown

cir
cle

of
brown

cir
cle

of
blue

cir
cle

of
blue

cir
le

of
earth

cir
cle

of
earth

cir
cle

of
sea

com
ing

of
dark

com
ing

of
dark

com
ing

of
light

com
ing

of
light

com
ing

of
dark

com
ing

of
dark

com
ing

of
light

earth
cir
cle

earth
cir
cle

sea
cir
cle

sea
cir
cle

earth
cir
cle

earth
cir
cle

sea
cir
cle

sea
cir
cle

brown
brown

blue
blue

brown
brown

blue
blue

earth
earth

earth
earth

sea

sea

sea

pres
ence

of
light

pres
ence

of
light

pres
ence

of
dark

pres
ence

of
dark

pres
ence

of
dark

pres
ence

of
dark

pres
ence

of
light

dark

dark

light

light

dark

dark

light

light

land

land

sea

sea

land

land

sea

leaf
sound

leaf
sound

wave
sound

wave
sound

leaf
sound

leaf
sound

wave
sound

wave
sound

land
smell

land
smell

sea
smell

sea
smell

land
smell

land
smell

sea
smell

sea
smell

com
ing

of
dark

com
ing

of
dark

com
ing

of
light

com
ing

of
light

com
ing

of
dark

com
ing

of
dark

com
ing

of
light

II

black
rocks

black
rocks

green
leaves

green
leaves

black
rocks

black
rocks

green
leaves

red
earth

red
earth

red
earth

red
earth

black
rocks

black
rocks

green
leaves

light

cuts

shad
ow

shad
ow

cuts

light

light

cuts

shad
ow

shad
ow

cuts

light

stone
shad
ow

stone
shad
ow

leaf
shad
ow

leaf
shad
ow

leaf
shad
ow

leaf
shad
ow

stone
shad
ow

stone
shad
ow

land
wind

land
wind

sea
wind

sea
wind

sea
wind

sea
wind

land
wind

land
wind

hill
shad
ow

hill
shad
ow

cloud
shad
ow

cloud
shad
ow

hill
shad
ow

hill
shad
ow

cloud
shad
ow

cloud
shad
ow

land
cir
cle

land
cir
cle

sea
cir
cle

sea
cir
cle

sea
cir
cle

sea
cir
cle

land
cir
cle

land
cir
cle

leaf
sound

leaf
sound

wave
sound

wave
sound

leaf
sound

leaf
sound

wave
sound

wave
sound

goat's
cry

goat's
cry

bird's
cry

bird's
cry

goat's
cry

goat's
cry

bird's
cry

bird's
cry

is
land

is
land

one
is
land

one
is
land

is
land

one
is
land

one
rock

one
sea[55]

Poetry close to music: colours and images are rhythmically repeated like the sequences of notes in a musical composition.

The way in which Lax places extremely short lines, word for word, syllable for syllable, one vertically under the other in a breathing rhythm compels the reader to slowness: he must take time for each image, as in a film, he is unable to skim over the lines in his customary manner.

Writing words and syllables beneath instead of beside one another already became an »obsession« for Lax at the age of around eight or ten, after reading Krishnamurti's *Pool of Wisdom*. On being called to give a speech at the end of his high school years, he wrote a poem with one word beneath the other without really stopping for thought, and read it out.

Lax always wants to get increasingly concrete and increasingly abstract. That is no paradox for him, it is a necessary process. Not simultaneously abstract and concrete. And not both in the same poem. Although only once the two poles are, sufficiently powerful will a genuine spark fly from the one to the other.

It is this spark between the concrete and the abstract that lights up in the reader's mind and allows him to proceed from highly concrete images to abstractions, and vice versa.

left alone with the
instruments of my trade

i have come upon two
(rather paradoxical)
truths about them

one is the power
of words, particularly
the simplest

even (of) words
devoid of grammar

to evoke a deep
response

the second
is the
inadequacy of most
of them to the needs
of poetry[56]

During a conversation, Lax explained the criteria he uses for choosing his words:

> *If I'm going to try to express what this person inside who is finding his way through life is thinking then I better have clear easy words, simple words and not ambiguous words. I'll try to find a few clear words. If I can I practice using clear words with rhythm and with imagery and maybe even with whatever they carry with them of metaphorical meaning: red, blue, and if I need some more words I look for them in the same basket and so I'll find white and dark ...*[57]

For Lax, creative production means giving things a name. Naming them:

july 29/69
the woman who lives at the bottom
of the hill asked me with a great warm smile
how
i was doing; i said fine, and that i was going to work. good she said, tapping her head, or something, to show that the work i meant was intellectual.

which perhaps it is: feels more, the way i do it, like adam naming the plants & animals. looking & naming, looking & naming: not doing very much more[58]

Lax does not necessarily see it as a question of saying something new:

What's new is, according to Lax's diary from 14 April 1973, that he's saying it in his own words, or in the only words he has »on tap«.

again: i'm not saying anything
new

what's new is that i'm saying
it in my own
or in the only words
i have
on tap
—

saying some things i believe

& not saying those
i no longer believe

is a slowly
liberating
process

(spiritual) liberation
is a good end-in-view

no one disapproves of
it

but professional
<keepers>[59]

Writing poetry is learning to speak. Discovering a language of one's own. A clear language.
Giving things a name simultaneously means: creating a world through this process of naming. In China, »clarifying concepts« was traditionally seen as a revolutionary act and the basis of wisdom.

Language must keep transforming itself because people get allergic to the old figures of speech, says Lax.

In his diary entry of 13 October 1977, Lax wonders whether he should also write for others when writing for himself. He feels it is only right to have one goal. And his goal is to write for himself.

> *in writing for yourself should you write for others too? i think it is good to have one goal in mind and the present goal? is to write for myself. to use the language or the languages i know to express things clearly for myself, to myself. language or languages?*
> *it will probably be best to use one language at a time, drawing from others only if needed. does private, personal, particular writing require a private language? i doubt it: i doubt that i have a private, personal, particular language. if i have it would be for only one or two otherwise ineffable experiences: things for which i'd say »wow!« or »oof!«, and even these are parts of the general language.*
>
> *you don't mind being boring or bored with this exercise? no, it isn't intended as entertainment. i think of it as an essential, maybe even a life-saving, process. (something like the count of monte cristo digging his way out of the château d'if with a fork.)*[60]

On 22 June 1969 he noted:

> *sometimes, i have conversations with an imaginary guru, naturally one who lives inside me. he used to be a psychiatrist: at least in the old days a lot of my conversations were started with, & a lot of my problems heard out or solved by, an imaginary viennese who listened carefully, often accusingly, & showed me with a few apt technical phrases how far i had erred in my thinking, or behaviour. the viennese fellow has disappeared; comes back if ever for very short visits; but has been replaced by chuang tzu (sometimes merton, or sometimes chuang tzu in merton translation) who tells me other wisdoms: usually the wisdom of abstinence & avoidance; of retreat, prayer & preparation, of non-attachment, of »sitting quietly doing nothing«, of seeking smallness, not greatness, or of seeking nothing at all.*[61]

Instead of psychoanalysis and torturous self-criticism: composure. That is simultaneously liberating and calming. He no longer stands in the way of what he experiences with his constant reflection and introspection. He yields himself to the moment and does not first think about what is happening at that instant. All who meet Lax sense this »presence,« which is free of any distraction.

> *waiting for nothing, hoping for nothing. expecting nothing. aware, none the less, of the change of light, the change of the seasons.*[62]

dream comes to you ... it's a gift. In the same sense your waking life is a gift and it is unfolding in front of you, and if you are not forcing yourself to rush to either be active in it or to interpret it or to do anything special with it in a sense to exploit it you can watch it unfold like you can watch a dream unfold, and I think that is something desirable because the person in you who has the dream is much more likely to be close to the primeval man inside or the real you than the person you're dealing with or the people you are having dealings with all through the day.
Your real self is more likely to be the self who is in the dream, and if you can carry him over into your daily life then it should be an improvement in the tone, a quality of your daily life.
There is a flow, and if you give it a chance you'll be able to see the flow, to enjoy and participate in it.
Dreams are open to many interpretations and if they are open to many interpretations then a real fact in your waking life probably is too. It's not just the first interpretation you hop on that is going to be the right one, you even don't know why it happened to you, says Lax.[63]

That's what he likes about the old men who sit in the café beside the Rex Hotel is Skala: they are completely relaxed and watch the flow of events.

opportunity
knocks
but
once

sit still

it will go away

A motto from Lax that is perfectly out of keeping with our times, and which he perhaps adopted from these men.

He mustn't turn his back on reality, his friends warned him before he set off to Greece. He has turned his back on everything that had always seemed trivial and thus unimportant to him, and turned to the reality that he had long searched for: an external reality that does not conflict with his inner reality.
For him the inner world is the real world, as he noted in his diary.

At the same time he kept in contact with New York and his close friends. He communicated with such long-standing friends as Thomas Merton and Ad Reinhardt by means of allusions, puns and innuendos. The letters that Lax sent to his friend Merton in his strict Trappist monastery read like secret messages. »Antiletters« was the name the American publisher Sheed & Ward gave them for the new 1994 edition of the truly refreshing volume of Lax and Merton's correspondence, which was first published in 1978. Letters that the monastery censors could not interpret. The way they address each other is pure invention, and different every time, as are the signatures. The following dadaist statement on the American race issue relates to a number of calligraphies

Merton did in Indian ink at the monastery, and probably also alludes to Norman Mailer's study on the »white negro«:

> *Nov. 2, 1963*
> *Dear Arthur*
> *yrs is arrived, and i am delighted with the following news: that you are in favor of small black poems, small black calligraphies, small black musical compositions and immobile small black dances.*
>
> *i, too, am in favor of all of these, and have of recent months become so generally small & black myself that it is useless for me to apply for abrogation from the whites. how come you want to get out of the race (they would snigger), you was never in it. you was never in it. you're not so white yourself (is all i could ever reply) you're not so white yourself, you red baboons.*[64]

The letters Lax and Merton exchanged are full of humour, as in Lax's undated letter from »holy patmos« to the unholy Trappist monk Merton in Gethsemane Cloister:

patmos
hir is patmos

cher murps,

hir again is holy patmos. patmos really holy place. what i mean dear murthwog, it's what i'd call a holy place. holy, that is, not at all like the elks. & place; like the place is holy. not saying something one way or another about the people. maybe they are too. maybe they all are. but the place. flowers, rocks birds. it's more like the rocks look happy.

birds too, very good. only place i ever see birds. sweep, swoop. nobody pinging at them must be part of it. (but why not? isn't there any greeks on this island?)

here the crocodile rooster lays his egg.

here the bird-dog tinkles after the woolly sheep.

i will stay in patmos week after week.
pages will fly from
the calendar pops. i will still be here.

yrs,
Sam[65]

Merton and a great many of his old friends have been dead a long while. The remaining few visit or write. But many new friends have been added. Ian Hamilton Finlay, the English concrete poet, is such a one. The two are close to each other in their artistic concerns. In 1974 they staged a two-man show at the Victoria & Albert Museum in London. Ian Finlay on Lax: He is »an example for discipline in an environment full of doubts.«

Robert Lax has never turned his back entirely on the world. He observes the passing events from the distance, keeps in touch with the help of the BBC, which he listens to on a tiny transistor radio.

Once the island of Kalmynos had also grown too loud and bustling for him, he withdrew to the smaller island of Patmos.

His diary entries of 4 October 1969 on Patmos tell of the deep feeling of peace that he sensed, and that told him to remain for at least a while:

> *and I felt all today as i did yesterday that peace, deep feeling of peace is here. that here is where i should stay at least for a while (& heal the nerve-ends), that here things would grow, things would speak (kal. summoned to mind, seems a wild, wild merry-go-round from here.) that here the days would go as though nothing were happening, but something would be happening, that i would do nothing all day long, but toward evening of every day i'd write (& slowly become) more articulate: almost every time i've been here the days have gone that way: i've felt as though nothing were happening; yet at the end of the year i've found that the work i did at patmos was (often) work that stood.*[66]

Lax is not lonely on Patmos. A number of young people feel drawn to him. For them his calm is an anchor in the restlessness of our times, and Robert Lax's life and work presents an alternative that still contains something like hope.

This alternative is open to all, at all times. But it is not something to be taken just as one pleases. It demands renunciation and discipline.

For Lax, art and life are intimately linked. And in the final analysis it's nothing but love and attention that makes life worth living – the very same thing his cats need as well.

everything changed for him
except the desire to get
beyond change

changelessness was not
woodenness, not stoniness:

a changelessness of the spirit,
beyond wood and stone[67]

Writing simply about simple things, that's Robert Lax's motto.

they deal in big concepts: culture and civilization.
and surely those are concepts that matter. but
there are days when i'd rather consider details.
a single detail.[68]

Writing about nothing. Writing about writing. Writing about writing about nothing.

Does it have to be about something, Lax wonders. It doesn't have to be about much, but at least something? Perhaps some trifle. Just a trifle that propels things onwards, he tells himself.

Lax sees a positive force at work in the universe, one that he trusts. Contemplative people are similar in all religions, he says. Dogmas do not count for them, so they can swap experiences, techniques and knowledge and understand one another. It's as if their inner selves really just keep themselves open and receptive for calm communication with the universe.
He owes his assuredness to this force, and above all his laugh, which no one forgets who has met him. In his view, despair is a sign that people have lost their equilibrium.
Disillusionment is not a catastrophe, but an accomplishment that has to be attained.

Literature is the exchange of dreams and visions. Everyone who works on themselves – and that for him means his writing – works for the betterment of the world. In this sense he is revolutionary – just as his friend Ernesto Cardenal demands of artists. He sets changes in motion by quite simply being what he is. You can only preach peace if you live in peace, says Lax. He integrates his innate religiosity into his life and works. Art as he understands it is an inner discipline with claims to purity, and has the function of a religion.

He does not want to be a philosopher, rather he strives to return to the state of a child that has not yet had its serious game »interrupted« by external constraints and influences. He wants that unspoilt awareness of the moment experienced in childhood, that keen awareness of things and people which we, with all of our knowledge – including that of ourselves – keep getting in the way of. No tricks, no special techniques, nothing but the means that the human mind has at its disposal to protect and preserve itself on the longer term. »I was more interested in psychology than theology. It's all a question of finding a mental approach, an outlook on the whole universe«.

Lax is no longer searching. He is keeping a look-out. Alert, attentive, he considers it enough to look out of the window in the morning and see what is – and not moan about what is not.

A wise old man for whom daily life has become a mystic journey around his own axis: constantly on the road but with each step his destination.

A are
you

talk
ing

to
me

or
are
you

talk
ing

to
your
self

?

B I'm
talk
ing

to
my
self

but
you

can
lis
ten[69]

Translation by Malcolm Green

All qootations from Lax not referred to in the end notes come from conversations with him, or from unpublished manuscripts and typescripts I was able to look at during my stay on Patmos.

SOURCES

1 journal E/tagebuch E. PV, 1996, p. 8
2 journal E/tagebuch E. PV, 1996, p. 10
3 journal E/tagebuch E. PV, 1996, p. 12
4 Merton Annual, p. 41–65
5 Interview Sigrid Hauff – Robert Lax, Patmos, September 23 – October 4, 1994
6 The New Yorker (June 15, 1940)
7 27th & 4th. (Exeter: Stride) 1994, p. (20)–(22)
8 journal E/tagebuch E. PV, 1996, p. 40
9 journal E/tagebuch E. PV, 1996, p. 42
10 journal E/tagebuch E. PV, 1996, p. 42
11 mogador's book/für mogador. PV, 1992, p. 14
12 mogador's book/für mogador. PV, 1992, pp. 16/18
13 mogador's book/für mogador. PV, 1992, p. 30
14 mogador's book/für mogador. PV, 1992, p. 32
15 mogador's book/für mogador. PV, 1992, p. 58
16 mogador's book/für mogador. PV, 1992, p. 60
17 mogador's book/für mogador. PV, 1992, pp. 68/70
18 circus zirkus cirque circo. PV, 1981, (p. 60)
19 circus zirkus cirque circo. PV, 1981, (p. 70)
20 The Voyage to Pescara (unpubl. typescript) p. 2
21 Timeless Painting. Ad Reinhardt (Stuttgart: Staatsgalerie) 1985, p. 85
22 the light the shade. PV, 1989, pp. 6–23
23 episodes/episoden. PV, 1983, p. 69
24 journal A/tagebuch A. PV, 1986, p. 36
25 New Poems. (London: Coracle Press) 1986, p. (44)

26 21 pages/21 seiten. PV, 1984, p. 14
27 21 pages/21 seiten. PV, 1984, pp. 34–36
28 21 pages/21 seiten. PV, 1984, p. 38
29 Merton, Thomas: The Seven Storey Mountain (Nex York: Harcourt, Brace and Company), 1948, p. 181
30 21 pages/21 seiten. PV, 1984, p. 46
31 21 pages/21 seiten. PV, 1984, p. 48
32 21 pages/21 seiten. PV, 1984, p. 50
33 21 pages/21 seiten. PV, 1984, p. 52
34 21 pages/21 seiten. PV, 1984, p. 54
35 21 pages/21 seiten. PV, 1984, p. 66
36 21 pages/21 seiten. PV, 1984, p. 74
37 21 pages/21 seiten. PV, 1984, p. 76
38 21 pages/21 seiten. PV, 1984, p. 78
39 Just Midnight. (Lyndonville, VT: Michael Lastnite) 1984, p. (1)–(4)
40 33 Poems. (Stuttgart: hansjörg mayer) 1987, p. 160
41 33 Poems. (Stuttgart: hansjörg mayer) 1987, p. 161
42 psalm & homage to wittgenstein. PV, 1991, p. 28
43 psalm & homage to wittgenstein. PV, 1991, p. 46
44 journal A/tagebuch A. PV 1986, p. 44
45 journal A/tagebuch A. PV 1986, p. 42/44
46 journal C/tagebuch C. PV, 1990, p. 6
47 journal C/tagebuch C. PV, 1990, p. 134

48 journal D/tagebuch D. PV, 1993, p. 78
49 journal C/tagebuch C. PV, 1990, p. 62
50 journal C/tagebuch C. PV, 1990, p. 32
51 journal C/tagebuch C. PV, 1990, p. 8
52 On Poetry and Language (unpubl. manuscript)
53 Unpubl. typescript
54 the light the shade. PV, 1989, p. 27–32
55 33 Poems. (Stuttgart: hansjörg mayer) 1987, p. 164–183
56 On Poetry and Language (unpubl. manuscript)
57 Interview Sigrid Hauff – Robert Lax on Patmos, Sept. 23. – Oct. 4, 1994
58 journal C/tagebuch C. PV, 1990, p. 46
59 journal D/tagebuch D. PV, 1993, p. 36
60 journal B/tagebuch B. PV, 1988, p. 46
61 journal C/tagebuch C. PV, 1990, p. 38
62 journal C/tagebuch C. PV, 1990, p. 128
63 Interview Sigrid Hauff – Robert Lax on Patmos, Sept. 23. – Oct. 4, 1994
64 A Catch of Antiletters. Thomas Merton, Robert Lax. (Kansas City: Sheed & Ward) 1994, p. 29
65 A Catch of Antiletters. Thomas Merton, Robert Lax. (Kansas City: Sheed & Ward) 1994, p. 73
66 journal C/tagebuch C. PV, 1990, p. 94
67 journal B/tagebuch B. PV, 1988, p. 74
68 journal A/tagebuch A. PV, 1986, p. 112
69 dialogues/dialoge. PV, 1994, p. 20

BIOGRAPHICAL SYNOPSIS

1915 Born November 30 in Olean, New York.
Father: Sigmund Lax. Mother: Betty Hotchner-Lax.

1928 Lax's father sells men's clothing store at 180 North Union Street, Olean.

1929 Family moves to Queens, NYC.
Newtown High School, Elmhurst, Long Island.
Writes for school paper *Newtown X-Ray* (until 1934).

1934 Studies at Columbia University: English Literature under legendary professor and noted poet Mark van Doren.
Works on *The Jester* (a literary magazine at Columbia).
Friendship with Thomas Merton, Edward Rice, Ad Reinhardt, Robert Gerdy, James Knight, Ralph Gleason.

1938 Houses Hindu monk Mahanambrata Brahmachari in his room (March – May).
B. A. degree from Columbia University.
Back to Olean where he becomes a disc jockey and announcer for a local radio station.
Summer: One week with Thomas Merton and Ed Rice at Marcus cottage in the mountains south of Olean.
Works as tutor to the children of the manager of Hotel Taft in New York City.

1939 Summer at Marcus cottage with Thomas Merton and Ed Rice.
Works at Olean WHDL radio station (advertising copy).
With John Slate to Venice, Nice, Cannes and Paris.
Thomas Merton's conversion to Catholicism.

1940 Summer at Marcus cottage with Thomas Merton, Ed Rice, Nancy Flagg, and others.

1941 Works on editorial staff of *The New Yorker* (until 1942).
Works for almost a year at Friendship House, a Catholic social work ministry in New York City.
Thomas Merton enters the Abbey of Gethsemani/Kentucky, a Trappist monastery.

1943 Teaches English at the University of North Carolina at Chapel Hill (until 1944).
Baptized into the Roman Catholic Church.
Pays a surprise visit to Merton at the Abbey of Gethsemani/Kentucky.

1944 Receives a fellowship in the Philosophy Department of the University of North Carolina, Chapel Hill. Begins a dissertation on Thomas Aquinas.
Works on *Carolina Magazine*, a student literary journal.

1945 Works as movie reviewer for *Time* (Oct. – Feb. 1946).
Does freelance work, including some photography, and writes for *Parade*, a national Sunday magazine.

1946 Works in the script department of the Samuel Goldwyn Studio, Hollywood, California, under director Arthur Ripley (until 1948).

1948 Visiting professor at Connecticut College for Women (Oct. – June 1949).
Christmas with Cristiani Circus in Sarasota, Florida.

1949 Travels with the Cristiani Circus through Western Canada.
Visit to Nancy Flagg and Robert Gibney at St. John/Virgin Islands, together with Ad Reinhardt.
Visits Thomas Merton at Gethsemani/Kentucky.

1950 Further studies at St. Bonaventure College, where he writes *The Circus of the Sun* (Spring).
Paris (Sept.). Writes for *New Story Magazine*.
Marseille. French Alps.

1951 (Summer). Spends a month travelling in Europe, for some time with the Alfred Court Zoo Circus (Rome – Pescara).

1953 Back in New York.
Co-Founder of *Jubilee* magazine, together with Ed Rice, and roving editor (until 1967).

1955 Founds *PAX*, a broadside magazine.
Meets Emil Antonucci.

1956 Visits Thomas Merton at the Abbey of Gethsemani/Kentucky.

1959 Publication of *Circus of the Sun*.
Visits Thomas Merton at the Abbey of Gethsemani/Kentucky.

1961 Lives and travels in France and Italy as *Jubilee's* Roving Editor.

1962 Vacations in France with friends.
Visits Greece for the first time.

1964 Returns to Greece and lives on Lesvos (Mytilini), Kalymnos and other islands. Has lived on Patmos on and off since.

1967 Returns to the USA as Poet-in-Residence for a semester at the University of South Dakota (until Oct. 1968).
Death of Ad Reinhardt.

1968 Visits Thomas Merton at the Abbey of Gethsemani/Kentucky (June).
Back to Kalymnos (Oct.).

1969 Receives National Council of the Arts award.
Death of Thomas Merton.

1974 Artist-in-Residence at Artpark, Lewiston NY (Sept.). (Also summer 1975 and 1976)

1977 Spain/Jimera De Libar (Sept. – Nov.).

1982 Attends the ›Bielefelder Colloquium Neue Poesie‹, Athens/Greece (May).

1984
Attends the ›Bielefelder Colloquium Neue Poesie‹, Bielefeld/Germany (May). (Also 1985, 1986).

1985 Retrospective exhibition of his works by Archiv Sohm at the Neue Staatsgalerie, Stuttgart/ Germany (April 19 – May 26).

1990 Visiting Professor of English at St. Bonaventure University (Sept./Oct.).
Awarded honorary doctorate from St. Bonaventure University.

1992 Exhibition of work at Columbia University, New York City, N. Y.

Thomas Merton (l.) & Robert Lax (r.) auf der Veranda des Sommerhauses von Benjamin Marcus (Lax' Schwager). Ende der 30er Jahre

Thomas Merton (l.) & Robert Lax (r.) on porch of cottage owned by Benjamin Marcus (Lax's brother-in-law) late 1930's

Photo: Friedsam Memorial Library

Robert Lax auf dem Universitätsgelände von St. Bonaventure;
Ende der 40er Jahre. (Die Pferde wurden zum Mülltransport eingesetzt)

Robert Lax on campus of St. Bonaventure University late 1940's (horses were needed to pull a wagon to collect the garbage)

Photo: Friedsam Memorial Library

Robert Lax &
Fr. Irenaeus Herscher, OFM, vor
der Friedsam Memorial Library
der St. Bonaventure University,
1950

*Robert Lax &
Fr. Irenaeus Herscher, OFM
in front of Friedsam Memorial
Library, St. Bonaventure
University, 1950*

Photo: Friedsam Memorial Library

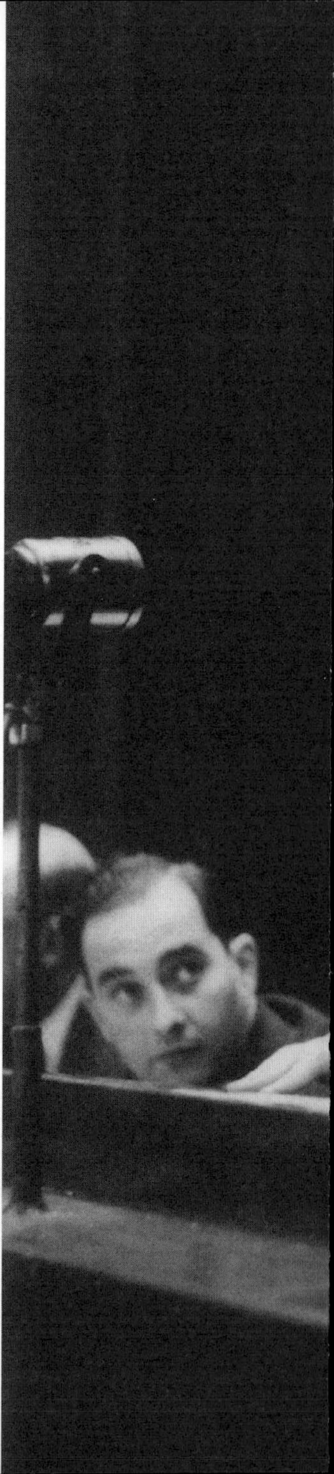

Lesung in Paris;
Anfang der 50er Jahre

Reading in Paris early 1950's

Photo: Friedsam Memorial Library

Auf der Veranda im Haus seiner
Schwester (Gladys Marcus),
Olean, New York, August 1974

*On side porch of his sister's
house (Gladys Marcus),
Olean, New York, August 1974*

Photo: Helen Ruggieri

Robert Lax

5. Bielefelder Colloquium Neue Poesie,

Athen Mai 1982, Lesung im Technochoros

Athens, May 1982, Reading at Technochoros

Photo: Isolde Ohlbaum

Robert Lax and Eugen Gomringer

5. Bielefelder Colloquium Neue Poesie,

Athen Mai 1982

Athens, May 1982

Photo: Isolde Ohlbaum

Bielefeld 1984

Photo: Isolde Ohlbaum

Bielefeld 1984

Photo: Isolde Ohlbaum

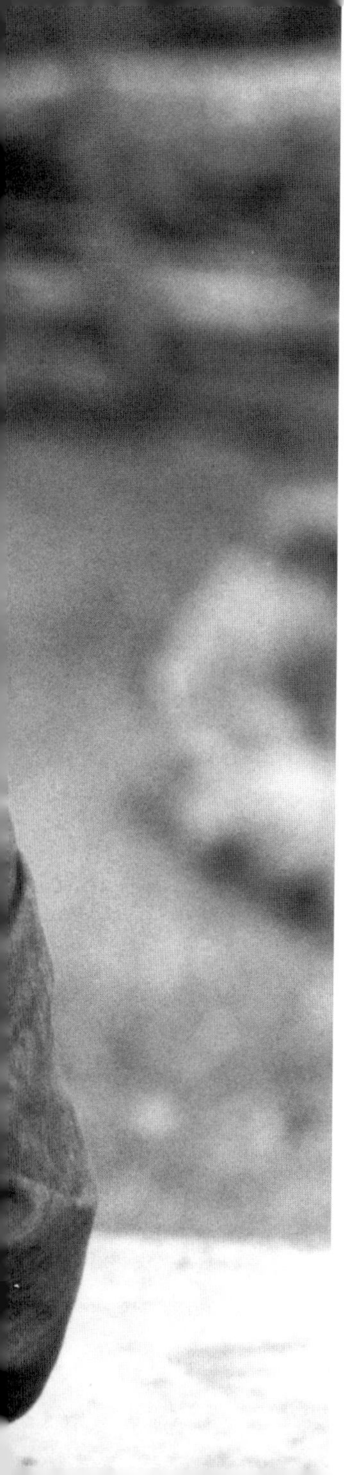

Photo: Judith Emery

Bielefeld 1985

Photo: Anita Schiffer-Fuchs

Robert Lax and Hartmut Geerken

9. Bielefelder Colloquium Neue Poesie,

Bielefeld 1986

Photo: Anita Schiffer-Fuchs

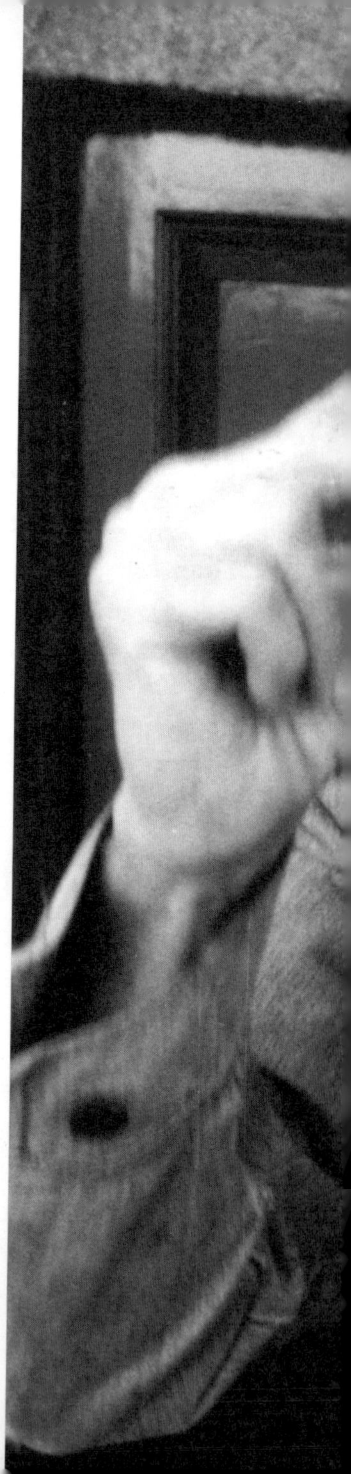

Patmos 1990
Photo: Hartmut Geerken

Patmos 1990

Photo: Hartmut Geerken

Patmos

Sommer 1982

Summer 1982

Photo: Robert Lax

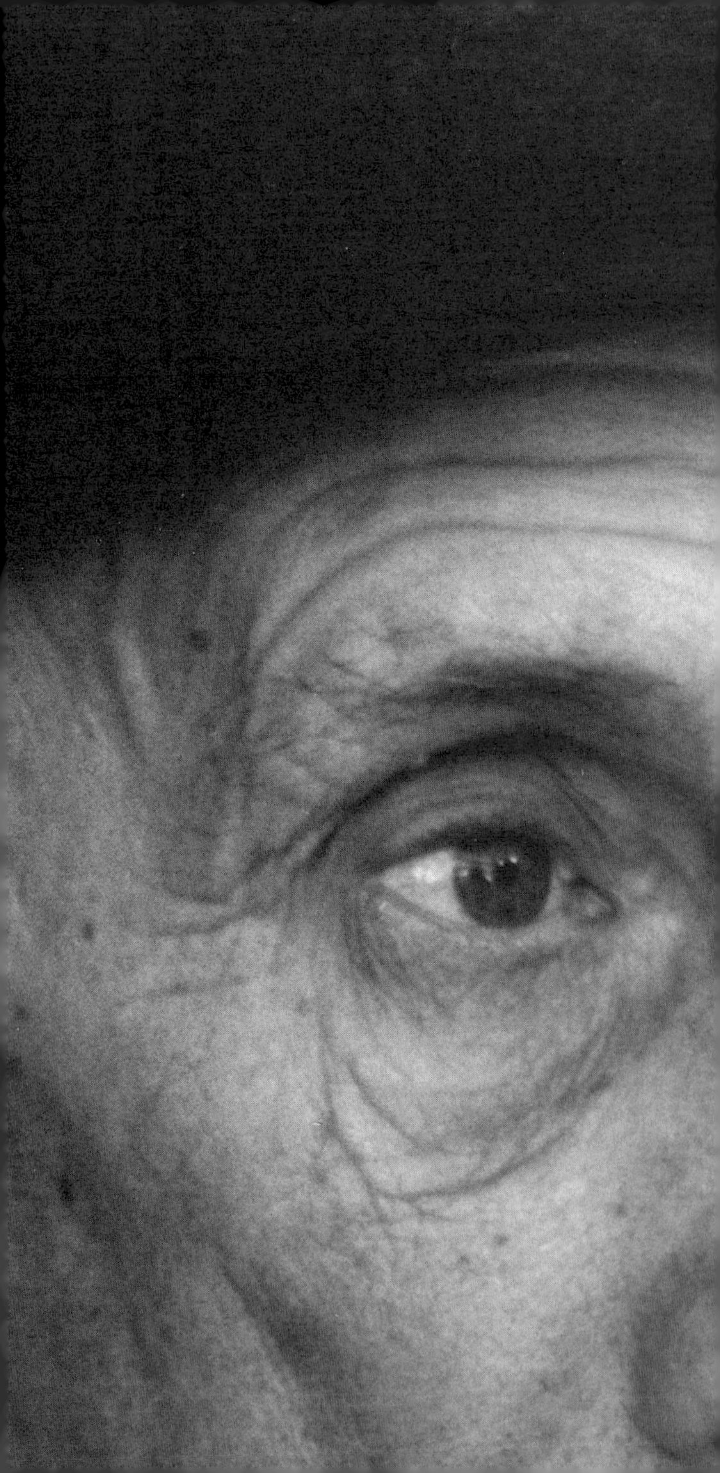

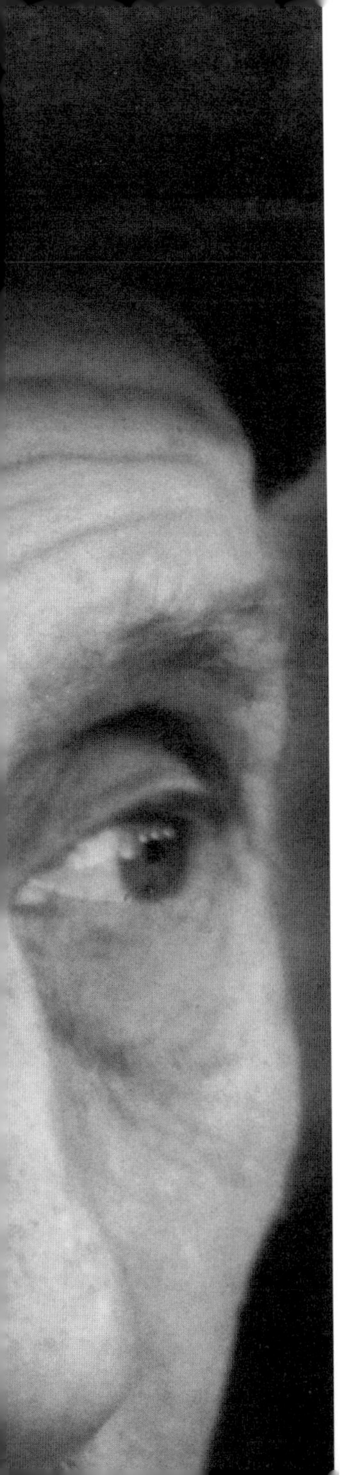

sigrid hauff
–
hartmut geerken

the works of robert lax

a bibliograpy

THE WORKS OF ROBERT LAX
A BIBLIOGRAPHY

Including Films And Videotapes, Soundcarriers, Scenarios And Scores, Radio Productions, Performances, Exhibitions And Installations, Secondary Literature And Archives

This list of works of Robert Lax gratefully acknowledges the preliminary studies of Judith Emery, New York. It is based on the first bibliography of Robert Lax (225 entries) by Angela Wagener published on the occasion of a Robert Lax exhibition by Archiv Sohm/Staatsgalerie in Stuttgart/Germany in 1985.

We have updated, completed and enlarged this bibliography (about 650 entries). This has only been possible through the help enthusiastically given to us by collectors & lovers of Robert Lax's works, and we would like to thank John Beer, Irene Bourquin, Ina Conzen, Judith Emery, Larissa Glasser, Herbert Kapfer, David Miller, Werner Morlang, Maurizio Nannucci, Karl Poralla, Klaus Ramm, Nicholas B. Sheetz and Paul J. Spaeth.

It is obvious that a great amount of work still needs to be done. The material is extremely complex and we hope that this bibliography at issue will be a stimulus to further research.

Sigrid Hauff & Hartmut Geerken
Wartaweil, May, 1999

ABBREVIATIONS

CD:	Compact disc
DAT:	Digital audio tape
FP:	Furthermore Press, Lyndonville, VT; Passumpsic, VT (Ed. and design by Michael Lastnite)
GI:	Green Island (London/Cheshire: Publ. and ed. by David Kilburn)
HP:	The Hand Press, New York, NY (Founded 1955 by Emil Antonucci)
JM:	Jubilee. A Magazine of the Church & Her People (New York, NY: Ed. Edward Rice; »roving ed.« Robert Lax 1953–67)
JP:	Journeyman Press (Journeyman Books), New York, NY (Founded 1959 by Emil Antonucci; design and drawings by Emil Antonucci)
Lastnite:	On The Other Hand Productions and Furthermore Press (Lyndonville, VT; Passumpsic, VT; ed. and design by Michael Lastnite)
LP:	Long playing record
MC:	Cassette tape
Pax:	New York, NY (Founded ca. 1955 in Paris by Robert Lax; continued 1956–62 in New York, NY; unnumbered third series starting 1985 in Patmos, Greece, and elsewhere)
PV:	Pendo-Verlag, Zürich/Switzerland
TNY:	The New Yorker (New York, NY)

CLASSIFIED LIST

I. BOOKS, MAGAZINES & MISCELLANEOUS

1948

1. Oriental Song. Music by Michel Michelet
(Sheet Music) Philadelphia: Oliver Ditson, 1948

1955

2. Tree (Woodcut by Emil Antonucci).
(Orig. ed.). HP 1955

1956

3. The Juggler (Woodcut by Emil Antonucci).
HP 1956
4. PAX #1 (1956), incl.: »Circus«

1957

5. PAX #5 (1957), incl.: »Song« (by Peter Lewis,
pseud. of Robert Lax)

1958

6. PAX #8 (1958): »27th & 4th« (by Peter Lewis,
pseud. of Robert Lax). (A poem journal)
7. Oedipus (Lithographs by Emil Antonucci;
50 copies). HP 1958
8. Question (Woodcut by Emil Antonucci;
95 copies). HP 1958

1959

9. The Circus of the Sun. (Orig. cloth ed.). JP 1959. (500 numbered copies signed by Robert Lax and Emil Antonucci). (Second paperback ed. 1960)

1961

10. PAX #14 (1961): »Two Fables (Question; A Problem in Design)« (Ill. by Emil Antonucci).
11. A Problem in Design, a Fable for the New Year (Ill. by Emil Antonucci) HP 1961

1962

12. PAX #18 (1962): (Photo of Ad Reinhardt)
13. New Poems. JP 1962

1965

14. Poor Old Tired Horse #17: »The Stone, the Sea (...)« (Drawings by Emil Antonucci). Ardgay Lanark/ Scotland: Wild Hawthorn Press; ed. Ian Hamilton Finlay, 1965
15. Sea & Sky. (Offprint). Lugano: The Lugano Review (1965).

1966

16. How Does the Sun's Ray Seek the Flower? (...) JP 1966. (Three different covers)
17. Thought. JP 1966. (Three different versions)
18. 3 or 4 Poems about the Sea. JP 1966

19. Black & White. (Offprint). Lugano: The Lugano Review, vol. 1, #5–6, 1966
20. Sea Poem. (Design and drawings by Emil Antonucci). (Dunsyre, Scotland: Wild Hawthorn Press) 1966

1968

21. Abstract Poem (Design by Emil Antonucci). GI 1968
22. Black & White #10. General Beadle State College, 1968
23. Lo, La. General Beadle State College, 1968. (Two different covers)
24. Voyages (Washington, DC), Vol. II, #I/II (Winter/Spring 1968), (Robert Lax Special issue), incl.: 1. »From the Slumbering City«, p. 7–17; 2. »The Journals of Robert Lax (Vol.I)«, p. 19–42; 3. (»The Wheels of God. 1965«), p. 40. 4. (»Hola 1965«), p. 41; 5. »A Catch of Anti-Letters«, p. 44–56; 6. »Novel«, p. 57–60; 7. »For Mark«, p. 61; 8. (Photos of Greece), p. 65–72; 9. »For Ad Reinhardt«, p. 73; 10. »The Green Minnow (...)«, p. 74; 11. »Fleeing from Bridgeport«, p. 75; 12. »This Bread«, p. 76–77; 13. »White Bird«, p. 78–79; 14. »Journal III«, p. 82–92 (Diary and poems); 15. »Journal IV«, p. 95–97. (Diary)

1969

25. Shower Girl Song (Photographs by David Kilburn). GI 1969
26. The Angel and the Little Old Lady. JP 1969

27. A Poem for Thomas Merton. JP (1969). (Publ. as text in Luitgard Choundras' silk-screen ed. of 10 copies 1969)
28. Three Poems. JP 1969, incl.: 1. (»The White Bird«), 2. »The Wing, the Maze (...)«; 3. »The Stick, the Notch (...)«
29. Jerusalem (Above All Joy ...) (Text with silkscreen by Luitgard Choundros). (s.n., ca. 1969)

1970

30. Fables. JP 1970. Incl.: 1. »The Man with the Big General Notions«. 2. »Alley Violinist«. 3. »An Angel«. 4. »Problem in Design«. 5. »The Angel and the Little Old Lady«. 6. »The Short Man«. 7. »Three Men«; 8. »Japanese Lesson«. 9. »Old Magician«; 10. »The Brand New City«. 11. »Therapist«. 12. »Old Fable«
31. Tree. JP 1970. (Second edition)
32. You Will Dissolve (...) (Photograph by Michael Bloom), GI 1970
33. Homage to Wittgenstein. Kalymnos; (s.n.), 1970

1971

34. Another Red Red Blue Poem. JP 1971. (Broadside)
35. Black & White. JP 1971
36. An Evening at Webster Hall. JP 1971
37. A Guide for the Perplexed. JP 1971
38. A Moment. JP 1971
39. Mostly Blue. JP 1971
40. Red Circle – Blue Square. JP 1971

41. Able Charlie Baker Dance (Drawings and design by Emil Antonucci). East Markham: Tarasque Press, 1971
42. 4 Boats, 3 People (...) East Markham: Tarasque Press, (1971). (Postcard)

1973

43. wasser/water/l'eau (Photogr. by Bernhard Moosbrugger; German transl. by Alfred Kuoni). PV 1973. (Text German, English and French)

1974

44. Circus Black – Circus White. JP 1974
45. More Black & Whites. JP 1974
46. Pictures of Reality. JP 1974
47. Poem (Does the Grass Fear the Dark ...) JP 1974
48. Poem (Try to See the Air ...) JP 1974
49. Star Dialogue. JP 1974. (Three different covers)
50. 13 Poems. JP 1974
51. Spring Song. Exeter: Kontexts Publications, 1974

1975

52. Black Earth – Blue Sky. JP 1975
53. Journeyman #1 JP (1975): »Bird Against the Cloud (...)«
54. Journeyman #3 JP (1975): »Oedipus«
55. Journeyman #5 JP (1975): »Dr. Shakesprop«
56. Journeyman #7 JP (1975): »Sandra's Dream«

57. Journeyman #9 JP (1975):
»Game on the Beach (...)«
58. Journeyman #12 JP (1975): »Red Blue«
59. G'bye Flo, I Tell Her (...) (Drawing by Emil Antonucci.) JP 1975. (Broadside)
60. I Like Get F'd (...) (Drawing by Emil Antonucci). JP 1975. (Broadside)
61. Light Dark, Dark Light (...)
(Drawing by Robert Lax). JP 1975. (Broadside)
62. My Dog Has Fleas (...) JP 1975. (Broadside)
63. (Five Broadsides; untitled)
(Drawings by Robert Lax). JP (1975)
64. Poèmes des Collines
(Transl. by Catherine Mauger). JP 1975

1976

65. Color Poems. JP 1976.
(500 numbered copies signed
by Robert Lax and Emil Antonucci)
66. Red Blue. JP 1976
67. Rosebud Is (Photograph of Julia Blankie in »The Parade's gone by« by Alan Cunliffe).
GI 1976
68. Forms, Basic (...) (1962). (Poster for exhibition Montreal 6. – 23. 4. 1976)
69. Color Poems. Ardgay Lanark/Scotland:
Wild Hawthorn Press, 1976

1977

70. 101: The Point of It All (...) Patmos, PV 1977.
(Dummy Pendo-Verlag)

1978

71. A Catch of Anti-Letters (By Thomas Merton and Robert Lax; design by Emil Antonucci; ill. by Thomas Merton). Kansas City: Sheed Andrews and McMeel, 1978. New edition: Mission (Kansas):
Sheed and Ward, 1994
72. A Poem (Round and Turning ...)
Firenze: Zona, 1978. (Fogli di Zona; No. 1)
73. Selections. Hove: X-Press; Joe DiMaggio Press, 1978, incl.: 1. »Tractatus I–IV«. 2. »Shadows (...)«. 3. »Mystery of Water (...)«. 4. (»Poem. Does the Grass Fear the Dark ...«). 5. (»The Port Was Longing«). 6. »The Green Minnow (...)«.
7. (Further Poems)
74. A Suite for Jiri Valoch. Davie, FL: Falkynor Books, 1978

1979

75. Color. Firenze: Exempla; Lugo: Exit, 1979. (Portfolio of 125 numbered and signed copies)
76. Librifoto (...) Firenze: Zona, 1979. (Leaflet)

1980

77. Fables (Mythoi/Myths) (Transl. by Moschos Lagouvardos; ill. by Emil Antonucci). Thessaloniki: 1980

1981

78. circus/zirkus/cirque/circo (Photogr. by Bernhard Moosbrugger; German transl. by Alfred Kuoni; French transl. by Catherine Mauger; Spanish

transl. by Ernesto Cardenal). PV 1981. (Text German, English, French and partially Spanish)

79. 10 Poems. Fall River, MA: Patmos Publication, 1981, incl.: 1. »Vision from above (...)«; 2. »A Meeting (...)«; 3. »Light Mix'd with Dark (...)«; 4. »A Tincture of Light (...)«; 5. »Dark City (...)«; 6. »Moon, Shadow (...)«; 7. »Why Does the Shadow (...)«; 8. »Out of the Soft Dark (...)«; 9. »Soft Flesh (...)«; 10. »Things Are Not Things (...)«

1983

80. episodes/episoden (Ed. by Robert Butman; German transl. by Alfred Kuoni). PV 1983. (Text English and German)
81. fables/fabeln (Ill. by Emil Antonucci; German transl. by Alfred Kuoni). PV 1983. (Text English and German)
82. At the Top of the Night. FP 1983
83. Clouds. FP 1983
84. In & out of Purdah (Drawings by Robert Lax). FP 1983
85. Postcard Drawings of Robert Lax. FP 1983
86. Said's. FP 1983
87. Shepherd's Calendar. FP 1983
88. Tiger. FP 1983
89. The Way. FP 1983
90. Whole. FP 1983
91. The Blue Boat #1: »Nine Poems«. Nailsworth: Moschatel Press, 1983, incl.: 1. »Herds of Dark Creatures (...)«; 2. »Winter Wind (...)«; 3. »With News from the Sky (...)«; 4. »On the Walls (...)«; 5. »Falters (...)«; 6. »Whips across the Walk (...)«; 7. »Strikes through Air (...)«. 8. »Rooster's Cry (...)«; 9. »Fine Rain falling (...)«

92. Ennea Poimata (Nine Poems) (Cover and transl. by Moschos Lagouvardos). Moschos Lagouvardos, 1983 (greek)
93. Pendogram #1: (Untitled; Statement about the Relationship between Russians and Americans). Zürich: PV, 1983. (1-page-magazine)

1984

94. The Port Was Longing (...) (Photograph by David Kilburn). GI 1984
95. 21 pages/21 seiten (German transl. by Alfred Kuoni). PV 1984. Text in English and German). The indicated illustrations by Emil Antonucci are not included.
96. Act in This Moment (...) FP 1984. (Broadside)
97. Arc. FP 1984
98. As Long As (Drawings by Robert Lax). FP 1984
99. Astrophysical Masterpiece (Cover drawing by Robert Lax). FP 1984
100. Cloud over Hill. FP 1984
101. Fat Ladies (Drawings by Robert Lax; 200 copies). FP 1984
102. From the Top of the Ferris Wheel (Cartoon by Robert Lax). FP 1984
103. In His Dreams. FP 1984
104. Just Midnight. FP 1984
105. The Love That Comes. FP 1984
106. Snowflake. FP 1984
107. Water Sunlight Writes. FP 1984
108. Spider. FP (1984)
109. Aggie Weston's #21: »Light«. Belper Derbyshire/England: Stuart Mills, Winter 1984
110. Cloning for Yellow. Zürich: Seedorn Verlag, 1984. (250 numbered and signed copies)

1985

111. PAX (1985): »We Say (...)«
112. PAX (1985): »Equal & Opposite (...)«
113. PAX (1985): »We in Our Tribe (...)«
114. Dark Earth, Bright Sky. FP 1985
115. Ghost (Cover Drawing by Robert Lax). FP 1985
116. I Can't See You. FP 1985
117. Some Short Notes of Robert Lax. FP 1985
118. Other Notes. (Cover drawing by Robert Lax) FP 1985
119. Above the rock. FP 1985
120. The Nights the Days. FP 1985
121. Dark Earth/ Night Sky. Aggie Weston's Editions. (Belper Derbyshire/England: Stuart Mills), 1985

1986

122. journal A/tagebuch A (German transl. by Alfred Kuoni). PV 1986. (Text English and German)
123. New Poems 1962/1985. Ed. by Heinz Gappmayr. London: Coracle Press/Aachen: Ottenhausen Verlag, 1986. Hardback edition of 100 numbered and signed copies, and paperback edition.

1987

124. 33 Poems. Edited by Thomas Kellein. Stuttgart, London: edition hansjörg mayer, 1987 (Cover photo by Edward Rice) Published in USA by New Directions, New York and in Canada by Penguin Books Canada Limited, 1988
125. Spark & Flame. Frankfurt: Kunstverein (no date indicated; 1987?)

1988

126. journal B/tagebuch B (German transl. by Alfred Kuoni). PV 1988. (Text English and German)

1989

127. the light the shade. (Ill. by Robert Lax). PV 1989

1990

128. journal C/tagebuch C (Selection by David Miller; German transl. by Alfred Kuoni). PV 1990. (Text English and German)
129. To the sea: à l'amère: poème et variations/ Robert Lax/Frédérick Leboyer. France: Livre à livre, 1990
130. Red, blue, yellow. Piesport: Edition Hot (no date indicated; 1990?)

1991

131. psalm & homage to wittgenstein (German transl. by Alfred Kuoni). PV 1991. (Text English and German)
132. Psalm. (Design by Andrew Bick, Rupert Loydell and David Goodchild) Exeter: Stride, 1991
133. The Rooster Poems. (Selected & arranged by Judith Emery, drawings by Robert Lax, design by Rupert Loydell) Exeter: Stride, 1991
134. White dark, black dark, black light, white light. (Cover title designed by Alec Finlay, ill. by Andrew Bick) Edinburgh: Morning Star Publications, 1991 (250 copies.) incl.: The end of the kingdom of necessity, servitude and inertia: an essay on the poetry of Robert Lax by David Miller

1992

135. mogador's book / für mogador (Ed. by Paul J. Spaeth; German transl. by Alfred Kuoni). PV 1992. (Text English and German)

1993

136. journal D / tagebuch D (German transl. by Alfred Kuoni). PV 1993. (Text English and German)

1994

137. dialogues/dialoge (Ill. by Robert Lax; German transl. by Alfred Kuoni). PV 1994. (Text English and German)
138. 27th & 4th. (Afterword by Paul J. Spaeth, art work by Steve Fairnie) Exeter: Stride, 1994
139. A Catch of Anti-letters/ Thomas Merton, Robert Lax (Foreword by Patrick Hart; cover and book design by Emil Antonucci; ill. by Thomas Merton) New York, NY: Sheed & Ward, 1994

1995

140. notes/notizen (German transl. by Alfred Kuoni). PV 1995. (Text English and German)
141. on & by robert lax. Essay, Poetry, Drawings, Bibliography. By Robert Lax & Gerhard van den Bergh. PV 1995
142. Xiliamodi. Exeter: Trombone Press, 1995

1996

143. journal E/tagebuch E/hollywood journal (Ed. by Paul Spaeth; German transl. by Alfred Kuoni). PV 1996. (Text English and German)
144. Circle. Eschenau, Germany: the eschenau summer press, 1996
145. Love Had a Compass: Journals and Poetry. Ed. James J. Uebbing. New York: Grove Press, 1996

1997

146. journal F/tagebuch F/kalymnos journal (Ed. by John Beer; German transl. by Alfred Kuoni). PV 1997. (Text English and German)
147. 36 Poems. Selected and arranged by John Beer. Westerly RI: Ring Tarigh, 1997
148. A Thing That Is. Ed. and introd. by Paul J. Spaeth. Woodstock, NY: The Overlook Press, 1997
149. More Scales. Eschenau, Germany: the eschenau summer press, 1997
150. Sleeping Waking. Selected & arrang'd by John Beer. Charleston IL: tel-let, 1997

1998

151. dr glockenspiel's invention. Art work by Ray Malone. Exeter: apparitions press, 1998

1999

151a the hill/der berg (Ed. by Paula Dias). PV 1999
151b aug 30/98 + sept 29/98. Eschenau, Germany: the eschenau summer press & temporary

travelling press publications, herman de vries, 1999

151c red blue. Eschenau, Germany: the eschenau summer press & temporary travelling press publications, herman de vries, 1999

151d Circus Days & Nights. Ed. by Paul J. Spaeth. Woodstock, NY: The Overlook Press, 1999

II. CONTRIBUTIONS TO BOOKS, MAGAZINES, NEWSPAPERS, ANTHOLOGIES, CATALOGUES & INTERVIEWS

1934

152. Newtown X-Ray (Elmhurst, New York: Newtown High School), 1934. Incl.: »Our Own Yearbook« (drawings & poems); »Code for Wolves«; »Press Comment on ›Code for Wolves‹«; »Read, See Plays, Then Write Them is Noel Coward's Advice to Newtownites«; »Newtownite Finds Relief in Interview with Noted Doctor John Erskine, Noted Author«; »The School is Going to the Dogs«; »Wages of Convalescence« (poem); »Hymn to My Innards« (poem); »The Girl Who Could Write Things Up«; »On Renascence« (poem); »The Short Wave Length's Lament« (poem); »Mike's Chariot« (poem); »Horsie« (poem); »(F)Ishmarold Burns Midnight (Cod-liver) Oil; Wreaks Whale of a Fishous Vengence«; »Diary of a Student Comment Column«; »Rival Candidates for G.O. Honors Prove too Friendly to be ›Enemies‹, So-Over-Ambitious Reporter's Plans Go Awry«; »Annex Boys Interview Maurice Moscovitch«; »The Devil« (poem); »The Ghost Horse« (poem); »From a Long Island Roof« (poem); »Oswald« (3 parts); »The Hot Dog«; »The Resurrection of Iffle Glorf«. Also

additional columns under the titles »Humoresque« and »Man About the Annex«.

153. The Columbia Jester (Ed. Ad Reinhardt), Vol. 35, #1–8 (1934/35), incl.: »Complaint to Dorothy Parker & Co.«; »Hymn to My Innards«; »70,000 Saroyans«; »Growth of a Molar«; »The Infanta Takes to Verse«; »Belated Tribute to the Horse«; »Concerning (A Yak of Happy Dispositions; Rabbits, how They Are; Gnus, how They Are Not Funny; Snakes – No Tools; The Trolley-Car, His Life and Habits; Also the Enevitable Guppy, His Ideas)«; »Riverside«; »Near the Library«; »Song of the Intimate Inmates«; »Lines Written in Delirium«; »Barnard Girls«; »Lines Written in Dejection at Wit's End«; »A Made-up Mystery with a Moral for Murals«; »The Man with a Flare for Flair Flair«; »A Magiophite for Phanandustulus«; (3 misc. contributions)

1935

154. The Columbia Review, Vol. XVI, #4 (1935), incl.: »The Poppy«; »Proem (To an Oiltown Sequence)«, p. 30

155. The Columbia Jester (Ed. Herbert Jacobson), Vol. 36/37 (1935–36), incl.: »Le Romans d'Adam«; »The Rover Boys Syllabus in Contemporary Civilization (Tom Makes a Discovery)«; (2 misc. contributions)

1936

156. The Columbia Jester (Ed. Robert Lax), Vol. 37/38, #1–9 (1936–37), incl.: »Old Mantis in Dry Month«; »Tongue«; »No Fun in Bed – Lines from the Infirmary«; »Foor Footed Beasts«

(Illustrated with woodcuts by Robert Gibney); »World's Fair«; »Sartor Resartus«; »Thwack the Lark« (Ill. by John H. Slate); (6 contributions headlined »Snarl in the Balcony«; »Behind the Barn with Jester«; (Reviews))

1937

157. The Columbia Review, Vol. XIX, #1 (1937), incl.: »Antony and Cleopatra«, p. 14–15
158. Columbia Poetry (With an Introduction by James Campbell). 1937, incl.: »Lady, the Springtime Prospers«, p. 32

1938

159. Columbia Poetry (with an introduction by Leonora Speyer). 1938, incl.: »The Last Days of a City«, p. 37–38

1940

160. »Greeting to Spring« TNY (May 4, 1940), p. 28
161. »A Radio Masque for My Girl Coming Down from Northampton« TNY (June 15, 1940), p. 21
162. »Poem of Gratuitous Invective against New Jersey« TNY (July 6, 1940), p. 18
163. »The Last Syllable« TNY (November 23, 1940), p. 82

1941

164. »Macaronic Lyric« TNY (March 29, 1941), p. 65
165. The American Scholar (New York, NY, Summer 1941), incl.: »Poem (So Like a Bird from a Swamp ...)«

1942

166. »The Man with the Big General Notions«
TNY (October 10, 1942), p. 19.

1944

167. »Stream« TNY (May 27, 1944), p. 31
168. »Zoo Sign« TNY (October 28, 1944), p. 67

1945

169. Carolina Magazine (Jan. 1945) incl.:
»Autumn in the Marathon; An Oratorio with Flute and Zithers for Earl Hansford Martin«, p. 21
170. The Commonweal (New York) vol. 41, #20 (March 2, 1945, incl.: »A Little Lecture on American Poetry«, p. 490
171. »Breeze on a Lexington Avenue Local«
TNY (September 29, 1945), p. 55

1946

172. »Truth Compared to the Light of Day«
TNY (March 16, 1946), p. 32

1947

173. Furioso (Madison, WI), Vol. III, #1 (1947), incl.: »Macaronic in the Dining Car«, p. 30
174. Possibilities, #1, Winter 1947/48, p. 84, incl.: »Statement«

1949

175. Connecticut College News (Jan. 12, 1949), incl.: »Second generation reacts to Rudolph Valentino's talents«

1951

176. New Story, #4 (June 1951), incl.: »Circus of the Sun. Excerpt from a novel in progress«, p. (34)–36

1953

177. »The Incomparable Cristianis« JM (May 1953), p. 52–55. (Report)
178. »Circus« TNY (May 30, 1953), p. 47
179. »Sun Poem« TNY (August 15, 1953), p. 53

1954

180. »Elias« JM (March 1954), p. 28–33
181. »Pentecost« JM (June 1954), p. 20–21
182. »Solomon's High Dive« TNY (August 28, 1954), p. 75

1955

183. »Jonas and the Whale« JM (February 1955), p. 34
184. »Child of the Lord« JM (March 1955), p. 20–27
185. »Job« JM (June 1955), p. 42–45

1956

186. »Jerusalem« JM (Febrary 1956), p. (38)–39
187. »Piccola Casa. Turin's Little House of Divine Providence Gives Shelter and Care to the Helpless« (Photogr. by Robert Lax) JM (May 1956), p. 41–45. (Report)
188. »The Day of the Circus« JM (June 1956) p. 30–31; (»The Divine Liturgy«; Photo p. 14)
189. »Water« JM (July/August 1956), p. 36/37
190. »Tree« JM (September 1956), p. 18–19

1957

191. »A Song for Notre Dame de la Garde« JM (March 1957), p. 42–47

1958

192. New World Writing. (New York, NY: The New American Library) #13 (1958), incl.: »The Circus« p. 92–100

1961

193. The Carleton Miscellany (Northfield, Minnesota: Carleton College) vol. II (winter 1961), incl.: A Lover of Cats, p. 21–25

1962

194. The Commonweal (New York) vol. LXXV, #26 (March 23, 1962), incl.: »Poem«, p. 666
195. Approaches, #44 (Summer 1962), incl.: »Ah! The Nature Poets«

196. The Commonweal (New York, NY), Vol. LXXV, #21 (Feb. 16, 1962), incl.: »Shorter History of Western Civilization«, p. 536

197. The Commonweal (New York, NY), Vol. LXXVI, #4 (April 20, 1962), incl.: »Andalusian Proverb«, p. 92

198. Locus Solus (Lans-en-Vercors: Ed. John Ashbery). #III–IV (Winter 1962), incl.: 1. (»The Port Was Longing«), p. 85–87. 2. »Shadows (...)«, p. 88–89. 3. »Mystery of Water (...)«, p. 90–91. 4. »To the Center (...)«, p. 91

199. Antologia della Poesia Norte Americana. (Ed./Transl. by Ernesto Cardenal) Madrid: Aguilar, 1962

1964

200. Poor Old Tired Horse (Edinburgh: Wild Hawthorn Press; ed. Ian Hamilton Finlay), #10 (1964), incl.: (»The Port Was Longing«), (on cover page)

201. Synapse (Berkeley, CA), #2 (1964), incl.: 1. »The More Like God It Was (...)«, p. (7); 2. »I Know how to Talk (...)«, p. (8); 3. »River«, p. (9)

1965

202. Synapse (Berkeley, CA), #3 (1965), incl.: 1. »My Dante, My Beatrice (...)«, p. (14); 2. »Why Does the Bird (...)«, p. (15); 3. »Black, Blue (...)«, p. (16)

203. Lines (New York, NY: Ed. Aram Saroyan), #6 (1965), (Final Issue), incl.: »No One Was Better (...)«, p. 19–20

204. The Lugano Review (Lugano), Vol. I, #3–4 (1965), incl.: »Sea & Sky«, p. (15)–133

1966

205. The Lugano Review (Lugano), Vol. I, #5–6 (Summer 1966), incl.: (»Black & White«). (Orig. ed.), p. 35–50
206. The Beloit Poetry Journal (Beloit, WI: Ed. Stephen Bann), Vol. 17, #1 (Fall 1966), incl.: 1. (»The Port Was Longing«), p. 34–35. 2. »Four Coal Poems«, p. 36–39
207. Poems Read in the Spirit of Peace and Gladness (Selected by Doug Palmer; ed. by Tove Neville). Berkeley, CA: Peace & Gladness Co-op Press, 1966, incl.: »Two Poems (The Rain Is Falling ...; Speak Me ...)«, p. 153–165
208. Vers Univers (Rotterdam: Universum Press; ed. Frans Vanderlinde), Vol. 6/1, #2 (1966), incl.: »Poem (Black, Yellow ...)«, p. 25–(30)

1967

209. Vers Univers (Rotterdam: Universum Press; ed. Frans Vanderlinde), Vol. 7/1, #4 (1967), incl.: »Poem (Point, Line ...)«, p. 50–51
210. Concrete Poetry. An International Anthology (Ed. by Stephen Bann). London: London Magazine Editions: Secker & Warburg, 1967, incl: 1. »Red & Blue«, p. 183–(191). 2. »Ik, Ok (...)«, p. 192–(193); 3. (»The White Bird«), p. 194–195
211. Retort (Birmingham University Chemical Society; ed. David Kilburn), Vol. 42, #3 (1967), incl.: 1. »Novel«, p. 8. 2. »Abstract Poem«, p. 18
212. Monk's Pond. Ed. by Thomas Merton. (Trappist KY) #3 (1967), incl.: »Untitled«, p. 19
213. Ad Reinhardt, Paintings (by Lucy R. Lippard) New York: The Jewish Museum, 1967, incl.: »Ad Reinhardt« (photograph), p. 35

1968

214. Voyages, Vol 2, #1–2, 1968, incl.: »The Journals of Robert Lax (Vol. 1)«, p. 19–20, »Journal III«, p. 82–84, (untitled poem), p.92
215. Artes Hispanicas/Hispanic Arts (New York, NY: Macmillan), Vol. 1, #3/4 (Winter/Spring 1968), incl.: 1. »Poem (So Like a Bird from a Swamp ...)« = »Poema (Así como un Ave de Marisma ...)« (Transl. by Willis Barnstone), p. 225–226. (Text English and Spanish) 2. »Quiet, Teiuq (...)«, p. 227
216. Monk's Pond. Ed. by Thomas Merton. (Trappist, KY), #4 (Winter 1968), incl.: »New Verse Drama«, p. 84–85
217. Harper's Bazaar (New York) #3085, Dec. 1968, incl.: »Thought«, p. 116, with drawings by Emil Antonucci

1969

218. Voyages (Washington, DC), Vol. II, #IV (Spring 1969), incl.: (Photo), p. 88
219. Dryad (Silver Spring, MD), Vol. 1, #4 (Winter/Spring 1969), incl.: »3 Poems from Heading East«, p. 2–4
220. Columbia Forum, Vol. XII, #4 (Winter 1969), incl.: »A Poet's Journal«. (Diary), p. 9–15
221. Good Work (New York, NY), Vol. XXXII, #1 (Winter 1969), incl.: »Poem. A Thing of Beauty Is a Joy«, p. 4–11
222. London Magazine (London), Vol. 9, #4/5 (1969). (New Series, No. 100, incl.: »Lambing the Sheep (...)«, p. (80–83)

223. Thirty-one New American Poets (Ed. by Ron Schreiber). New York, NY: Hill & Wang, 1969, incl.: »They Bang (...)«.
224. Stereo Headphones (Kersey: Nicholas Zurbrugg), Vol. 1, #1 (Spring 1969), incl.: 1. »Abstract Poem«, p. (10); 2. »For Ad Reinhardt«, p. (11).
225. Dryad (Washington, DC) #5–6(1969) incl.: »Into her crown ...«, p. 34–35, and »Kalymnos, Greece« (photographs) p. 36–37

1970

226. Stereo Headphones (Kersey: Nicholas Zurbrugg), Vol. 1, #2/3 (Spring 1970), incl.: (Untitled; brief statement on »The Death of Concrete«), p. (30)
227. Assembling (Brooklyn, NY: Gnilbmessa; comp. Henry Korn and Richard Kostelanetz), #1 (1970), incl.: »Aphorisms (A Guide for the Perplex'd ...)« (Drawings by Emil Antonucci). (Orig. ed.), p. (77).
228. Concrete Poetry. A World View (Ed. with an introduction by Mary Ellen Solt). Bloomington: Indiana University Press, 1970, incl.: 1. »Poem (So Like a Bird from a Swamp ...)« (Transl. by Willis Barnstone). (Text English and Spanish); 2. »Quiet, Teiuq (...)«
229. American Literary Anthology (Ed. by George Plimpton and others) New York: Viking, 1970
230. Imaged Words & Worded Images (Ed. by Richard Kostelanetz). New York, NY: Outerbridge & Dienstfrey, 1970, incl.: »quiet, teiuq (...)«, p. 23
231. The New York Quarterly (New York, NY: Ed. William Packard), #2 (Spring 1970), incl.: »More Suns«, p. 26–(28)

232. The New York Quarterly (New York, NY: Ed. William Packard), #1 (Winter 1970), incl.: »Shepherd's Calendar«, p. 18–20.
233. Cameo (Portland, Oregon; ed. Denis Blake), incl.: »Try to see the air ...«, p. 16
234. Ktaadn Vol. 1, #3 (drawings and design by Emil Antonucci). Houghton, NY: Lionel Basney, John Leax, 1970, incl.: »Hill Poems«

1971

235. The New York Quarterly (New York, NY: Ed. William Packard), #5 (1971), incl.: »Histories« (Excerpt »Dying Falls«), p. 32–35
236. The New York Quarterly (New York, NY: Ed. William Packard), #6 (1971), incl.: »From Histories«, p.55–58
237. Art International (Lugano), Vol. XV/6 (June 20, 1971), incl.: »Táo Ch'ien's 'Peach Blossom Spring« and »The Gentleman of the Five Willows« as adapted by Robert Lax, p. 30–32
238. Sound. Aware Poetry Booklet. New York, NY; Toronto: Random House/School Division, 1971, incl.: »They Bang (...)«, p. 38–39

1972

239. Bolletino Da Dentro (Milano: Laura Alvini, Ugo Carrega, Vinzenzo Ferrari), #2 (June 17, 1972), incl.: 1. »Lettera«, p. (8). (Letter); 2. »Black & Red (No.7)«, p. (9)
240. Dryad (Washington, DC), #9/10 (1972), incl.: »Tractatus I–IV«, p. 34–41.

241. Stereo Headphones (Kersey: Nicholas Zurbrugg), #5 (Winter 1972), incl.: »3 Poem Sequence«, p. 34

1973

242. Athens College Bulletin, Vol. 16, #1 (Winter 1973), incl.: »A Poet's Journal – Kalymnos«, p. 24–27. (Diary)
243. Himmel/Le Ciel/Heaven (by Mario von Galli; Helder Camara; Robert Lax; ill. with color photo lithographs by Fritz Weigner; ed. by Bernhard Moosbrugger). Zürich: Pendo-Verlag, 1973. (Portfolio of 100 numbered copies; 2 different ed.; Text German, English and French), incl. »The Sky, the Heavens (...)«
244. New York Quarterly (New York, NY: Ed. William Packard) #15 (Summer 1973), incl.: »Seven Blacks, Seven Blues (...)« (no pagination)
245. Proteus (Arlington, Virginia; ed. Frank Gatling) #3 (Summer – Fall 1973) incl.: »From the Journals«, p. 1–11
246. Breakthrough Fictoneers. An Anthology (West Glover, VT: Something Else Press, Ed. Richard Kostelanetz) 1973
247. Open Poetry. Four Anthologies of Expanded Poems. (New York, NY: Simon and Schuster; Ed. Emmett Williams et al.) 1973; the part edited by Emmett Williams is entitled »Language Happenings« and incl.: 1. »This Bread«, p. 343; 2. »The Wheels of God (1965)«, p. 344; 3. »Hola (1965)«, p. 345; 4. »The White Bird«, p. 346; 5. »For Ad Reinhardt«, p. 347.

248. Voyages (Washington DC), Vol. V, #I–IV = 14/15 (1973), (Mark van Doren Memorial Issue), incl.: »Why Attribute to Mark (...)«, p. (48)
249. Diagonios (Thessaloniki: Dinos Christianopoulos), #4 (1973), incl.: 1. »Problem in Design« (Transl. by Moschos Lagouvardos), p. (19); 2. »The Short Man« (Transl. by Moschos Lagouvardos), p. (20); 3. »Japanese Lesson« (Transl. by Moschos Lagouvardos), p. (21); 4. »Therapist« (Transl. by Moschos Lagouvardos), p. (22).

1974

250. Magic Sam (Sydney, Australia; ed. Ken Bolton) #1 (1974), incl.: »3 Poems«, 4 p. (no pagination)
251. Diagonios (Thessaloniki: Dinos Christianopoulos), #9 (1974), incl.: »Journal«, p. (206)–224. (Diary)
252. Allegany Poetry. (Olean, NY: Allegany Mountain Press, 1974), incl.: »Poem (Try to See the Air ...)«, p. (20)–23.
253. The American Poetry Review (Philadelphia), Vol. 3, #1 (1974), incl.: »From Four Poem Sequences (Mostly Black & White)«, p. 14
254. Proteus Magazine (Arlington, VA: Ed. Frank Gatling), #4 (Spring 1974), incl.: »From the Journals«, p. 3–12. (Diary)
255. Stereo Headphones (Kersey: Nicholas Zurbrugg), #6 (Summer 1974), incl.: »Two Movies (For Facing Pages)«, p. 32–33
256. Stimulus (S.U.N.Y.), Vol. 2 (Fall 1974), incl.: 1. (Exercise), p. 2; 2. »Tree«, p. 5
257. Twin Cities Express (Oct. 15, 1974), incl.: »Lunch with the Fishermen. From the Journal of Robert Lax«, p. 18. (Diary)

258. Dreamrobe Embroderies & Asparagus for dinner (Marysville, Victoria, Australia: Ed. Walter Billter, John Jenkins; Supplement of the magazine »etymspheres« 2/1) (1974), incl.: »3 poems«, p. 139–141

1975

259. The Lugano Review (Lugano), #2 (1975), incl.: »Rosebud Is». (Orig. ed.), p. 45
260. New Directions (New York, NY: Ed. J. Laughlin), #31 (1975), incl.: »From the Kalymnos Journals« (Selected by Frank Gatling), p. 74–80. (Diary)

1976

261. Artpark. The Program in Visual Arts. Lewiston, NY, 1976, incl.: 1. »The Man Is Walking Toward the House (...)« (1974), p. 24–25; 2. (»Poem. Does the Grass Fear the Dark ...«) (1974), p. 24–25
262. Larisaika Grammata (Larissa: Ed. George Elias Zimianitis), #5–6 (1976), (Series D), incl.: 1. »An Angel«, p. 192; 2. »The Man with the Big General Notions«, p. 193–194; 3. »The Brand New City«, p. 194–196.
263. Mèla, Marciana/Sola d'Elba (Firenze: Ed. Maurizio Nannucci), #1 (Estate/Autunno 1976), incl.: »The White Town (...)«, p. 24
264. E Magazine (no place indicated, USA) vol. 1, #2 (1976), incl.: »Two White & Dark Poems«, p. (20)
265. Stereo Headphones (Kersey: Nicholas Zurbrugg), #7 (Spring 1976), incl.: 1. »Tractatus I–IV«, p. 26–33; 2. »Red Red Blue«, p. 34–35; 3. »Light Dark, Dark Light (...)«, p. 36; 4. (»Poem.

Does the Grass Fear the Dark ...«) (Ill. by Emil Antonucci), p. 37

266. Hanging Loose (Brooklyn, NY), #29 (Winter 1976–1977), incl.: »One Island«, p. (53–73)

1977

267. Buffalo Evening News (March 26, 1977), incl.: »Black Metal«

268. Alembic (London; ed. Robert Hampton) #6 (Summer 1977), incl.: »Black Metal« and »3 Poems«, p. 34–37

269. Proteus (Arlington, Virginia; ed. Frank Gatling) #6–7 (Spring – Summer 1977), incl.: »From the Journals«, p. 36–39

1978

270. Peeping Tom (London; ed. Cory Harding), incl.: »Rosa Bonheur ...«, 3 p. (no pagination)

271. Commonweal (New York, NY: Ed. James O`Gara), vol. CV, #5 (March 3, 1978), incl.: »Now she is quiet again (...)«, p. 130

1979

272. A Critical (Nineth) Assembling, Precisely Six Seven Eight Nine (New York: Assembling Press; ed. Richard Kostelanetz) 1979, incl.: »How can we say ...«, 2 p. (unnumbered)

273. Beyond Baroque 792 (Venice, CA: Beyond Baroque Foundation), Vol. 10, #2 (Summer 1979), incl.: »A Suite for Jiri Valoch«, p. 26

1980

274. Machete (Minneapolis, MN), #14 (Jan. 31, 1980). (1-page-issue), incl.: »The Vines of Gomera«

1981

275. D.C. Magazines (Washington, DC: Paycock Press; ed. Richard Peabody, 1981), incl.: 1. »Fleeing from Bridgeport«, p. 36; 2. »It Is Good to Keep (...)«, p. 36; 3. (Photo of Greece), p. 36; 4. »From the Journals I. April 24 Afternoon«, p. 37 (Diary)
276. Hanging Loose (Brooklyn, NY), #40 (Fall 1981), incl.: 1. »A Thin White Line (...)«, p. 46; 2. »Strikes Through Air (...)«, p. 47; 3. »While Raining here (...)«, p. 48
277. TAU/MA (Bologna: Ed. Achille Maramotti, Claudio Parmiggiani) #7 (1981), incl.: »Mother of Dark«, p. (124).

1982

278. Stereo Headphones (Kersey: Nicholas Zurbrugg), #8,9,10 (1982), incl.: 1. »Journals, 1964«, p. 35. (Diary); 2. »Under the Red Dome (...)«, p. 26–39
279. Anthologia Sygkekrimeni Poiisi. (Athens: Nefeli, Ed. Kostas Giannoulopoulos) (1982), incl.: »is«, p. 74

1984

280. Bielefelder StadtBlatt (Bielefeld/Germany, May 17, 1984), incl.: »the port was longing«, p. 10

281. Merton, by Those Who Knew Him Best (San Francisco: Harper & Row; ed. Paul Wilkes) 1984, incl.: Robert Lax (Interview), p. 64–74
282. The Commonweal (New York, Oct. 19, 1984), incl.: »Freedom to become Merton«, p. 554–555
283. Kurt Schwitters Almanach (Hannover/Germany: Postskriptum) 1984, incl.: »Sun & Tree«, p. 187–(191)
284. Tages-Anzeiger (Zürich, Feb. 18, 1984), incl.: »Problem in Design«, p. 49

1985

285. The New York Quarterly (New York, NY: Ed. William Packard), #26 (Spring 1985), incl.: »From Histories (Sealtalk; River; Cotton Candy)«, p. 55–58
286. Ad Reinhardt. (Catalogue) (Stuttgart/Germany: Staatsgalerie) 1985, incl.: »I'm beginning to think«, p. 85
287. Cithara (St. Bonaventure, NY) vol. XXV, 2; May 1986 incl.: review of »The Hidden Ground of Love: The Letters of Thomas Merton on Religious Experience and Social Concerns. Ed. by W. H. Shannon (New York, NY: Farrar, Straus & Giroux) 1985«, p. 82–83
288. K: Kunstzeitschrift (Westermann/Germany) (May 1985), incl.: »Poem – Earth & Sun«, p. 66–67
289. Von, für, über Heinz Gappmayr (Innsbruck/Austria: Allerheiligenpresse; ed. Peter Weiermair) 1985, incl.: »For Heinz Gappmayr«, p. 93–95

1986

290. Cithara (St. Bonaventure, New York NY), vol. 25, #2, May 1986, incl.: »The Hidden Ground of Love; The Letters of Thomas Merton on Religious Experience and Social Concerns« (Review), p. 82–83
291. The New York Quarterly (New York, NY: Ed. William Packard), #30, (Summer 1986), incl.: »Craft Interview with Robert Lax«, p. 16–35; also incl. in: The ABC's of Robert Lax (Exeter: Stride) 1999, p. 15–26

1987

292. Hang Together. The Hanging Loose Press 20th Anniversary Anthology. Hanging Loose issues 50/51 (New York: Hanging Loose Press) 1987, incl.: »Argumentation«, p. 103–106
293. Syngroni Amerikani Piites. Ed. by S. L. Skardsis (Athens: Ekdosis Kastanioti) 1987, incl. (in greek transl.): »Kalymniade«, »This Bread«, »The White Bird«, »To Ad Reinhardt«, p. 41–45
294. Materia Prima (Bologna: a cura di sandro sproccati) vol. 1 (1987), incl.: »black is black«, p. (23–25)
295. The Review of Contemporary Fiction (Elmwood Park, Ill.; ed. John O'Brien), vol. 7, #2 (Summer 1987), incl.: »Beckett and Deep Sleep«, p. 34

1988

296. The Merton Annual (New York: AMS Press, Inc.) vol. 1, 1988, incl. »Harpo's Progress. Notes Toward an Understanding of Merton's Ways«, p. (35)–54

297. Kentucky Poetry Review (Louisville, KY), vol. 24 (Fall 1988), incl.: Untitled, p. 19

1989

298. Grafi (Larissa: Teichos) Jan./Feb. 1989, incl.: (about poetry), p. 47–48

1990

299. Lax and concrete poetry. Buffalo NY: Burchfield Art Center. The Chemical Bank annual exhibition, organized by the Burchfield Art Center in collaboration with the Poetry/Rare Books Collection, University Libraries, the University at Buffalo, Dec. 1, 1990 – Jan. 20, 1991, with essays by Mary Ellen Solt, Michael Basinski, Robert J. Bertholf; with poems commissioned expressly for this publication and exhibition by Robert Lax, Ian Hamilton Finlay, Bill Bissett; incl.: »red red blue ...« p. (5)

1991

300. World Letter #2 (Iowa City) 1991, incl.: Three Poems Untitled, p. 34–35
301. St. Bonaventure University Capital Campaign Update (Winter 1991), incl.: »A friend said I should write ...«, p. (3)

1992

302. The Merton Annual (New York: AMS Press, Inc.) vol. 5, 1992, incl. »Remembering Merton and New York«, ed. by Paul J. Spaeth, p. (39)–61

303. How The Net is Gripped. A selection of contemporary American poetry. Ed. by Rupert Loydell and David Miller (Exeter: Stride Publications) 1992, incl.: excerpts from »the light – the shade«, p. 44–48

304. Hartmut Geerken: Das interaktive Hörspiel als nicht–erzählende Radiokunst. (Essen: Die Blaue Eule) 1992, incl.: »the bomb. scenario for auditorium«, p. 41–43

305. Poiesis. Aspects of Contemporary Poetic Activity. (Edinburgh: The FruitMarket Gallery); ed. by Graeme Murray (1992), incl.: »White dark (...)«, p. (98)–(103)

306. Tagesanzeiger (Zürich, Nov. 13, 1992), incl.: Peter P. Schneider: »Wir sind alle Wanderer auf diesem Planeten«. (Interview)

1993

307. Storming Heaven/Stride 35 (Exeter: Stride Publications) 1993. Incl.: 1. »from Robert Lax's ›journals‹« (from »journal B« and »journal C«), p. (22); 2. (»meaning & music ...«), p. (67)

308. Wolfgang Gunther: Collagen, Landschaft und Tischleben (Salzburg), incl.: »A dog walked wearily ...«, (preface)

309. Vizuálny Texty. Catalogue of Exhibition in Brno/Czechia June 29 – August 15, 1993, incl.: »red blue ...« (loose-leaf)

1994

310. Hartmut Geerken: Omniverse Sun Ra. (Wartaweil/Germany: Sigrid Geerken) 1994, incl.: »sun ra. notes & numbers«, p. 89–106

311. Collision #1. (New Bedford MA: Patmos Press) 1994. incl.: »The Earth As It Is (...)« p. 3, 53
312. William Buchanan: Dr. Mahanambrato Brahmachari, My Impressions (Ganges, Minnesota: Vivekananda Monastery and Retreat), incl.: »Robert Lax's Recollections of Dr. Brahmachari», p. 22–32

1995

313. World letter #6 (Iowa City) 1995, incl.: »the stone (...)«, »hill cloud (...)«, »the moon (...)«, »the lion (...)«, »the jungle of fauna (...)«, p. 43–45
314. Seiten #1, Baden/Switzerland: Julie Harboe, Jörg Niederberger, 1995, incl.: »A short rooster poem«, p. 4–5
315. Seiten #1, Baden/Switzerland: Julie Harboe, Jörg Niederberger, 1995, incl.: »dr glockenspiel's invention«, p. 23–24
316. Collision (New Bedford, Mass.; ed. John Landry) #3 (1995), incl.: Steady light, steady shade ...», and »The wind, their voices ...«, 2 p. (unnumbered)
317. Columbia College Today (New York, NY) vol. 21, #2 (Spring – Summer 1995), incl.: »Mark was dependably ...«, p. 3
318. S.H.Y., a Literate Quarterly (ed. Ann Rivers) vol. 4, #4 (1978), incl.: »A Suite for Jiri Valoch (selections)«, p. 120–122

1996

319. Commonveal (New York, NY: ed. James O'Gara), July 12, 1996, incl.: »On Seeing (For Peter Walsh)«

320. France, Peter: Hermits. The Insights of Solitude. (London: Chattoo & Windus) 1996, incl.: »A Hermit for Our Time: Robert Lax on Patmos«, p. 192–212, with excerpts from »journal C and D«, (p. 193–198), »psalm« (p. 198), and an interview (p. 198–212)

321. Deborah Kent: Dorothy Day, Friend to the Forgotten (Grand Rapids, Mich.: Eerdmans) 1996, incl.: Photograph of Dorothy Day, p. (13) of photograph section

1997

322. France, Peter:»Éloge de la Solitude« (Paris: arléa) 1997, incl.: »Un ermite de notre temps. Robert Lax à Patmos«. French translation of excerpts from »journal C and D«, »psalm«, and an interview.

323. Poets & Writers Magazine (New York) March/April 1997, incl.: »exemplary (...), p. 79, »the sun stood on one hand« (...)«, p. 80, »remembering the city« (...)«, p. 80, »how to give you that picture: (...)«, p. 81

324. 20 Jahre Bielefelder Colloquium Neue Poesie. (Catalogue). (Bielefeld: Kunsthalle and edition hansjörg mayer) 1997, incl.: »black white (...)«, p. 112–115

325. National Catholic Reporter, vol. 34, #32 (June 20, 1997, incl.: Dorothy Day (photograph), p. 1

326. Switch (Japan) vol. 15, #7, July 1997, incl.: »the day the world ended (...)«, p. (92)

327. Francesco Conz and the Intermedia Avantgarde, by Anne Kirker & Nicholas Zurbrugg. (Brisbane/Australia: Queensland Art Gallery 1997. Catalogue incl.: »blue blue blue (...)«, p. 17

328. Günther, Wolfgang: Auftauchen von Formen & Farben als Dinge des Geistes. (Salzburg: Galerie Seywald) 1997, incl.: »forms & colors (...)«, p. (7), excerpts from »journal D«, p. 12–13, and »what's your favorite color? (...)«, p. 50

329. Konkrete Poesie Konzept Kunst. (Rosenheim/ Germany: Kunstverein) Sept. 4 – Oct. 12, 1997. Catalogue incl.: »red red blue (...)« p. 50; »blue blue blue (...)« p. 51

1999

330. The ABC's of Robert Lax, ed. by David Miller & Nicholas Zurbrugg (Exeter: Stride) 1999, incl.: »the dark earth ...«, p. 32; »a detailed account of his career as a writer«, p. 46–47; »description of project«, p. 48–49; »writing career«, p. 54–55; »3 Poem Sequence«, p. 162–163; »a thin white line«, p. 189; »Selected Letters to Thomas Merton«, p. 231–233; »Early Poems«, p. 234–235; »PAX«, p. 236–244; »Love is the light air ...«, p. 245; »Tractatus V & VI, p. 246–251

331. Zurbrugg, Nicholas: »Interview with Robert Lax. Patmos – 13th January, 1985« in: »The ABC's of Robert Lax« (Exeter: Stride) 1999, p. 27–39

332. Lastnite, Michael: »Excerpts from Interviews for Robert Lax: Word & Image«, in: »The ABC's of Robert Lax« (Exeter: Stride) 1999, p. 41–45 (statements by Emil Antonucci, William Packard, Robert K. Wolf, Ed Rice, Leonard Robinson, Gladys Marcus, Bernhard Moosbrugger, Gladys Weigner, Tessa Weigner, Alfred Kuoni, Dick Marcus)

III. FILMS AND VIDEOTAPES WITH ROBERT LAX (RELEASED & UNRELEASED)

333. Black & White. By Alex Eliot and Robert Lax; b/w; 1946. (Film shot at Friendship House, Harlem, with hidden camera; one copy only)
334. Twenty-Seventh & Fourth. By Emil Antonucci; 16 mm; b/w. Live Action. 1960 (22 min.)
335. Some Fables. By Emil Antonucci; 16 mm; b/w. Live Action. 1962 (9 min.)
336. Oedipus. By Emil Antonucci; 16 mm; Color Drawings. 1962 (3 min.)
337. Thought. By Emil Antonucci; 16 mm; Color Drawings from Book with narration. 1967 (3 min.)
338. Once upon a bus. Actors: Robert Lax, Theodora Bergery. (ca. 1967) (No further details)
339. New Film. By Emil Antonucci; 16 mm; b/w. Live Action. 1969. (20 min.)
340. Short Films. By Emil Anntonucci; 16 mm; Color. Live Action. 1969 (20 min.)
341. Red & Blue. By Emil Antonucci; 16 mm; Color. Live Action. 1971. (25 min.) (Incl.: Slap Bang & Sleeping Waking)
342. Shorts. By Emil Antonucci; 16 mm; Color. 1971. (18 min.) One copy only, with Alex Eliot.
343. Interview with Gladys Marcus (excerpt); Olean NY. By Michael Lastnite; video; Sept. 1983
344. Interview with William Packard; New York City. By Michael Lastnite; video; Nov. 1983
345. Interview with Michael Lastnite; Patmos/Greece. 5 videos, 1984
346. Interview with Emil Antonucci; New York City. By Michael Lastnite; video, April 1984

346a Robert Lax: Reading. 7. Bielefelder Colloquium Neue Poesie, video, May 1984. Archiv der Fakultät für Linguistik und Literaturwissenschaft der Universität Bielefeld/Germany.

347. Interview with Robert Kachnowski; New York City. By Michael Lastnite; video, Nov. 1984

348. Interview with Bernhard Moosbrugger and Gladys Weigner; Zürich/Switzerland. By Michael Lastnite; video, July 1985

349. Interview with Tessa Weigner and Alfred Kuoni; Zürich/Switzerland. By Michael Lastnite; video; 1985

350. Robert Lax: Exhibition and Reading; Neue Staatsgalerie; Stuttgart/Germany. By Michael Lastnite; 3 videos, 1985

351. Robert Lax: Black & White Rehearsal. By Michael Lastnite; video, 1985

352. Robert Lax: Black & White Performance. By Michael Lastnite; video, 1985

352a Robert Lax: Reading. 8. Bielefelder Colloquium Neue Poesie, video, May 1985. Archiv der Fakultät für Linguistik und Literaturwissenschaft der Universität Bielefeld/Germany.

353. Interview with Leonard Robinson; Pittsburg, Kansas. By Michael Lastnite, video, July 1986

353a Robert Lax: Reading. 9. Bielefelder Colloquium Neue Poesie, video, May 1986. Archiv der Fakultät für Linguistik und Literaturwissenschaft der Universität Bielefeld/Germany.

354. Robert Lax London Reading; London. By Michael Lastnite, video, 1987

355. Clowns on the Lake. By/with Hartmut Geerken, Robert Lax, Sigrid Hauff. Super-8; Color; 1987 (7 min.) Lax-Archiv Geerken

356. Robert Lax: Word and Image.
On the Other Hand Productions
(Ed. by Judith Emery and Michael Lastnite)
1988

357. Robert Lax listening to the radio play »erwartet bobo sambo ein geräusch? erwartet er eine stimme?«, video; 1990 (60 min.)
Lax-Archiv Geerken

358. Middle of the Moment. Script, Direction, Production: Werner Penzel and Nicolas Humbert; Camera: Werner Penzel (Switzerland/Germany) 35 mm; b/w; 1995 (80 min.) (incl.: sequences with Robert Lax)

359. Why Should I Buy A Bed, When All That I Want Is Sleep? Video-Portrait of Robert Lax by Nicolas Humbert and Werner Penzel; Color; 1998/99 (ca. 60 min.)

IV. SOUND CARRIERS (TAPES, MC, LP, CD, DAT; RELEASED & UNRELEASED)

360. Poems. Selections. Robert Lax reading his poems with comment in Athens, Greece, Nov. 18, 1965. 4 tape reels. Library of Congress, Archive of Recorded Poetry and Literature, incl.: from »Circus of the Sun«; »New Poems«; »Sea & Sky«; »sea born«; unpublished material

361. Poetry Reading for the Lamont Library, Woodberry Poetry Room, Harvard University, Cambridge, MA; October 1966. 3 tape reels (33/32/20:30 min.), incl.: Circus of the Sun (excerpts), Black and White (complete), Sea and Sky (complete)

362. Wergo-Jazz, Studio-Reihe Neuer Musik.
Gunter Hampel/Jeanne Lee. LP WER 80001.

1968, incl.: 1. »The Maximum Capacity of This Room (...)«; 2. »Air«. Recited by Jeanne Lee.

363. Poetry Reading, Aug. 19, 1976 and May 26, 1978. 3 tape reels (30/4/34 min.) Provenience: Susan Howe. Archive for New Poetry. University of California, San Diego.

364. Sea & Sky/Black & White (Firenze: Recorthings. Artist's audioworks & sound poetry), ed. Maurizio Nannucci, MC 1981

365. Poems. Read by Robert Lax in his house in Skala/Patmos. June 26, 1982.
Rec. by Hartmut Geerken, 1 tape reel (40 min.) Lax-Archiv Geerken.

366. Circus of the Sun (Drawing by Elin Paulson), MC 1983 (Lastnite)

367. (Dance poems et al.) (Drawing by Elin Paulson), MC 1983 (Lastnite), incl.: 1. »Dance Poems«; 2. »Mother of Dark«. 3. »Nine Poems«

368. Episodes (Cover drawing by Robert Lax), MC 1984 (Lastnite)

369. Fables (Cover drawing by Robert Lax), MC 1984 (Lastnite)

370. Sea & Sky (Cover drawing by Elin Paulson), MC 1984 (Lastnite)

371. Short Poems. (Cover drawing by Robert Lax) MC 1984 (Lastnite)

372. 21 Pages or Searching for You (Cover drawing by Elin Paulson), MC 1984 (Lastnite)

373. Reading of Robert Lax. (Cover drawing •«Unicorn« by Robert Lax) Stuttgart: Neue Staatsgalerie, 1985 (Lastnite)

374. Selected Journals (Cover drawing «signature« by Robert Lax) MC 1985 (Lastnite)

375. Night & Wind. (Drawing by Michael Lastnite) MC 1985 (Lastnite)

376. Black & White: A Performance by Robert Lax and Tessa Weigner (Cover drawing by Robert Lax) MC 1985 (Lastnite)
377. From the Notebooks. Readings. MC 1985 (Lastnite)
378. New Poems (Cover drawing by Elin Paulson), MC 1985 (Lastnite)
379. Geerken, Hartmut: »ball & penis series« (Wartaweil: r. ling press) #23, 1986, incl.: »ball pen part 4 zuercher meditatßjonen« with Robert Lax, Hartmut Geerken and Mariette. MC 1986
380. New Poems 1962/1985 (Design by Michael Lastnite) MC 1986 (Lastnite)
381. Color Poem (Cover drawing by Elin Paulson) MC 1986 (Lastnite)
382. Light & Dark (Cover drawing by Robert Lax) MC 1986 (Lastnite)
383. This & That. Poems (Cover drawing by Robert Lax) MC 1988 (Lastnite)
384. From »Journal A«, »Journal B«, and Poems. Read by Robert Lax. Zürich, Nov. 18, 1989. Rec. by Hartmut Geerken (25 min.). Bayerischer Rundfunk, Hörspiel, München
385. Robert Lax talking and reading. (material for »kein roter faa ...«) Zürich, Nov. 18, 1989. Rec. by Hartmut Geerken. 1 DAT. Lax-Archiv Geerken
386. Robert Lax reading (from «33 poems«; »Sea & Sky« (complete); unpublished notebooks) and talking. Patmos, March 29/30, 1990. Rec. by Hartmut Geerken. 4 DAT (6 1/2 hours). Lax-Archiv Geerken.
387. Geerken, Hartmut: »kein roter faa, denn die worte sind niemals gefallen«. Sprechspiel. With Robert Lax, Andrej Monastyrskij, Christian

Prigent, Gerhard Rühm, John Tchicai und Grace Yoon. (Obermichelbach/Germany: Gertraud Scholz Verlag) GSV 001, 1990, CD (produced by Bayerischer Rundfunk, Hörspiel, München 1990)

388. Continuing Episodes. (Cover drawing by Robert Lax). MC 1990 (Lastnite)

389. The one the many (Cover drawing by Michael Lastnite). MC 1990 (Lastnite)

390. All part of one part of all. MC 1990 (Lastnite)

391. Notes & Journals (Cover drawing by Robert Lax). MC 1990 (Lastnite)

392. »Is Was Was Is« (from: »The Light The Shade«), 3 takes, Zürich, 1990. Rec. by Sigrid Hauff. 1 MC (8 min.). Lax-Archiv Geerken.

393. Robert Lax Reading (from: »Journal C«, »The Light The Shade«, »21 pages«, »33 poems« & from an unpublished note-book) Nov. 27, 1990, studio-tapes (45 min.) Bayerischer Rundfunk, Hörspiel, München

394. »bob's bomb«. Ten-hours-performance on Lax's »the bomb. scenario for auditorium« with students of the Folkwang-Hochschule, Essen/Germany: Folkwang-Hochschule (Bayerischer Rundfunk, Hörspiel, München), Dec. 9, 1991, 2 tape reels, 7 MC, 22 DAT (ca. 60 hours) Lax-Archiv Geerken

395. Robert Lax interviewed by Sigrid Hauff in his house in Skala/Patmos. Sept. 23 – Oct. 1, 1994. 12 MC (18 hours). Lax-Archiv Geerken

396. Robert Lax reads his poetry (»21 pages«; »Psalm«; »Journal A, B, C, D«; »I'm beginning to think ...«; »New Poems«; »In his dreams«; »Just Midnight«; »33 poems«; »The Family«; »A Radio Masque ...«; »Sun Ra. Notes & Numbers«; »27th & 4th«; »Dialogues«; »Mogador's Book«; »Circus«; »The Light The Shade«; »Episodes«;

»Fables«; »A Catch of Anti-Letters«) Steinebach/Germany, Nov. 8/9/10, 1994. Bayerischer Rundfunk, Hörspiel, München.
4 DAT (7 hours)

397. Robert Lax talks about Billie Holiday and other jazz giants. Wartaweil/Germany, Nov. 9, 1994. Rec. by Hartmut Geerken.
1 MC. Lax-Archiv Geerken

398. »robert lax reads his poetry«/ robert lax liest seine gedichte. Rec. Zürich 1989, 1992, 1993, 1994. PV 1995. Side A: Poems and »The Bomb«; Side B: Complete recording of »The Light The Shade« with a piano composition for Robert Lax by Tessa Weigner; 1 MC

399. Robert Lax: A Round Table Discussion. Monica Weis, SSJ, Anthony Bannon, Arthur Biddle, Marcia Marcus Kelly, Richard Marcus & Paul Spaeth. Thomas Merton's Prophetic Challenge, June 15 – 18, 1995, Sounds True Recordings TME-19, MC, 1995

400. France, Peter: »Something To Write Home about. Peter France on Patmos« (London: BBC) August 25, 1995; MC

401. Robert Lax reads »Sleeping Waking« in his house in Skala/Patmos, June 27, 1998. Rec. by Hartmut Geerken. 1 DAT. Lax-Archiv Geerken

402. »the complete 21 pages« (Obermichelbach/ Germany: Gertraud Scholz Verlag) GSV 009, 1999, CD (produced by Bayerischer Rundfunk, Hörspiel, München, 1994)

403. »sun ra. notes & numbers« & »the family« (Obermichelbach/Germany: Gertraud Scholz Verlag) GSV 010, 1999, CD (produced by Bayerischer Rundfunk, Hörspiel, München 1994 & 1995)

404. Hartmut Geerken: »erwartet bobo sambo ein geräusch? erwartet er eine stimme?« (Obermichelbach/Germany: Gertraud Scholz Verlag) GSV 011, 1999, CD (produced by Bayerischer Rundfunk, Hörspiel, München 1990)

V. SCENARIOS & SCORES

405. »Siren of Atlantis«. Film (black and white) directed by Gregg G. Tallas (1948) Scenario: Rowland Leigh and Robert Lax. Based on the novel by Pierre Benoît. Photo Director: Karl Struss. Music: Heinz Roembeld. Production: Seymour Nebenzahl (Actors: Maria Montez, Jean Pierre Aumont). Incl.: Oriental Song. Words by Robert Lax. Music by Michel Michelet. Interpreter: Zaruhi Elmassi

406. In dark: »three poems of the night« by Robert Lax and Nanine Valen; music by Gerald Levinson. Bryn Mawr, PA: Presse, 1979. 1 score (8 p.). For soprano, 2 flutes, viola, violoncello, harp, piano, and percussion. Duration: ca. 17.00

VI. RADIO PRODUCTIONS

407. One Stone. (Reading; produced by Walter Van Dyke and D. R. Hazelton) (Bruxelles: Radio Bruxelles) 1965

408. Drama. An Abstract Verse Play. (Produced by George McBeth) (London: BBC/Poetry Now) Jan. 1967

409. (Hour long Reading and Commentary; produced by George McBeth; commentary by Julian Mitchell and David Kilburn) (London: BBC/Third Program Production) Oct. 1968

410. Nannucci, Maurizio: »Zonaradio. A Program of Artist's Radio Works« (Firenze: Controradio) 1981

411. Geerken, Hartmut: »die tücke des lachs & wie das tragische zum weltgesetz & die gelächter von billie holiday john cage & sun ra zur ästhetischen gestalt des metaphysischen wurden. lachstücke für profis & laien«. (Live telephone action Athens – Linz for Ars Electronica Linz (Linz/Austria: ORF) Sept. 28, 1982

412. Hauff, Sigrid: »Robert Lax. Ein Eremit in Griechenland.« Feature. (Köln: Westdeutscher Rundfunk) June 21, 1985; repeat broadcast: DRS II Zürich, April 6, 1986

413. Geerken, Hartmut: »kein roter faa, denn die worte sind niemals gefallen«. Sprechspiel. With Robert Lax, Andrej Monastyrskij, Christian Prigent, Gerhard Rühm, John Tchicai und Grace Yoon. (München: Bayerischer Rundfunk, Hörspiel) Feb. 16, 1990. See: Hartmut Geerken, »Das interaktive Hörspiel als nicht-erzählende Radiokunst« (Essen: Die Eule), 1992, p. 120–128

414. Lindenmeyer, Christoph: »Hörspielnotizen«. 14th edition: On Robert Lax. Incl.: Reading from the »Journals« by Robert Lax (München: Bayerischer Rundfunk, Hörspiel) Nov. 2, 1990

415. Geerken, Hartmut: »erwartet bobo sambo ein geräusch? erwartet er eine stimme?« radio play for and with Robert Lax (München: Bayerischer Rundfunk, Hörspiel) Nov. 30, 1990. See:

Hartmut Geerken, »Das interaktive Hörspiel als nicht-erzählende Radiokunst« (Essen: Die Eule), 1992, p. 129–137

416. Hauff, Sigrid: »Is Was – Was Is«; radio essay. Poems spoken by Robert Lax (München: Bayerischer Rundfunk, Hörspiel) Nov. 30, 1990; repeat broadcast: Deutschlandfunk Köln, Jan. 26, 1991; Hörspiel des Monats November 1990

417. Yoon, Grace, Roman Bunka: »Koreagraphie«; radio play in 3 parts (incl.: »one stone«) (München: Bayerischer Rundfunk, Hörspiel, Baden-Baden: Südwestfunk, Hamburg: Norddeutscher Rundfunk 1994); broadcasts: Bayerischer Rundfunk, April 6, 13, 20, 1994; Norddeutscher Rundfunk, April 17, 1994; Südwestfunk, May 16, 17, 18, 1994; Hessischer Rundfunk, April 26, 1995; Sender Freies Berlin, Nov. 25, 1997, Dec. 16, 1997, Jan. 20, 1998

418. Geerken, Hartmut: »bob's bomb«; radio play. Directed by Hartmut Geerken and Herbert Kapfer (München: Bayerischer Rundfunk, Hörspiel) Dec. 8, 1995, incl.: »the bomb. scenario for auditorium«, read by Robert Lax on the phone from a hotel lobby in Athens. See: Hartmut Geerken, Das interaktive Hörspiel als nicht-erzählende Radiokunst« (Essen: Die Eule), 1992, p. 44–110

419. France, Peter: »Something To Write Home about. Peter France on Patmos (London: BBC) August 25, 1995; also on MC

420. Lax, Robert: »The Family«; radio play. (Directed by Hartmut Geerken; music by John Gilmore), (München: Bayerischer Rundfunk, Hörspiel) Nov. 24, 1995

421. Hauff, Sigrid: »Die innere Biografie des Robert Lax. Teil I: Circus«. Feature. Poems spoken by Robert Lax. Directed by Herbert Kapfer. (München: Bayerischer Rundfunk, Hörspiel) Nov. 24, 1995

422. Hauff, Sigrid: »Die innere Biografie des Robert Lax. Teil II: 21 pages«. Feature. Poems spoken by Robert Lax. Directed by Herbert Kapfer. (München: Bayerischer Rundfunk, Hörspiel) Dec. 1, 1995

423. Hauff, Sigrid: »Die innere Biografie des Robert Lax. Teil III: Journals«. Feature. Poems spoken by Robert Lax. Directed by Herbert Kapfer. (München: Bayerischer Rundfunk, Hörspiel) Dec. 8, 1995

423a Ramm, Klaus: »das beginnt irgendwo hat kein ziel verläuft sich zieht kreise will nirgendwo ankommen & endet an einem beliebigen punkt. Hartmut Geerkens Wege in die Radiokunst und sein Verschwinden darin.« (München: Bayerischer Rundfunk, Hörspiel und Medienkunst) Jan. 15, 1999. Incl.: descriptions of »erwartet bobo sambo ein geräusch? erwartet er eine stimme?« and «bob's bomb«.

VII. PERFORMANCES

424. Two-Man-Show with Ian Hamilton Finlay at Victoria & Albert Museum in London. 1967

425. Poetry Reading (Athens, Technochoros; on the occasion of the 5. Bielefelder Colloquium Neue Poesie) May 14, 1982

426. Festival »Foné, la vocce e la traccia«, Teatro Rondo di Bacco, Palazzo Pitti, Firenze, Oct. 23, 1982 (with Robert Lax, Maurizio Nannucci, Brion

Gysin, Bernard Heidsieck, Emmett Williams)

427. Geerken, Hartmut: »die tücke des lachs & wie das tragische zum weltgesetz & die gelächter von billie holiday john cage & sun ra zur ästhetischen gestalt des metaphysischen wurden. lachstücke für profis & laien. (Berlin: Akademie der Künste) Oct. 21, 1982

428. Geerken, Hartmut: »patriotische gedichte« (Bielefeld/Germany: Kunsthalle; on the occasion of the 7. Bielefelder Colloquium Neue Poesie), May 4, 1984, with Pierre Garnier (french), Robert Lax (english), Hartmut Geerken (turkish)

429. Poetry Reading (Bielefeld/Germany: Kunsthalle; on the occasion of the 7. Bielefelder Colloquium Neue Poesie), May 4, 1984

430. Poetry Reading (Bielefeld/Germany: Rathaus; on the occasion of the 8. Bielefelder Colloquium Neue Poesie), May 10, 1985

431. Poetry Reading (Bielefeld/Germany: Rathaus; on the occasion of the 9. Bielefelder Colloquium Neue Poesie), May 2, 1986

432. Geerken, Hartmut: »ball pen part 4 zuercher meditatßjonen« (Zürich: off züri theater) Nov. 23, 1986, with Robert Lax, Hartmut Geerken and Mariette.

433. Robert Lax, Hartmut Geerken and Herbert Kapfer reading & talking & presenting the radio play »erwartet bobo sambo ein geräusch? erwartet er eine stimme?« on the occasion of the 4th »Münchner Hörspielabend« by Bayerischer Rundfunk München at Autorenbuchhandlung München, Nov. 27, 1990

434. Photo-Match with Hartmut Geerken in Skala/ Patmos. March 30, 1990. Included in »erwartet bobo sambo ein geräusch? erwartet er eine stimme?«; score and photographs in: Hartmut

Geerken: »Das interaktive Hörspiel als nicht-erzählende Radiokunst« (Essen: Die Eule) 1992, p. 131–133

435. Geerken, Hartmut: »bob's bomb«. (10 hours-performance on Lax's »the bomb. scenario for auditorium« with students of the Folkwang-Hochschule Essen/Germany: Folkwang-Hochschule. (Bayerischer Rundfunk, Hörspiel, München) Dec. 9, 1991

436. Yoon, Grace, Roman Bunka: »Koreagraphie« (incl.: »one stone«), Reihe »Grenzgänge«, München: Gasteig, Dec. 16 – 18, 1993; live radio-presentation of »Koreagraphie« Stuttgart: Theater »Rampe«, Dec. 16, 1995

437. Black/White Oratorio (w/John Beer). Performed at Festival la Bâtie, Geneva, Switzerland, 1997

VIII. EXHIBITIONS & INSTALLATIONS

438. Victoria & Albert Museum, London, 1967

439. Two contemporary presses: An exhibition of the work of the Wild Hawthorne Press and The Journeyman Press (London: The Victoria & Albert Museum) Febr. – April 1974

440. Small Press Scene (Firenze: Zona Gallery) 1975 (Curator: Maurizio Nannucci)

441. libri foto film testi documenti (Firenze: Zona Gallery; Zona Parola & Suono Festival) March 1979

442. Abstrakte Poesie. (Stuttgart: Staatsgalerie) April 19 – May 26, 1985

443. Bild/Sprache, Eine Homage. (Innsbruck/Austria: Galerie im Taxispalais) Oct. 8 – Nov. 3, 1985

444. Art in Bookform (Syväskyla/Finland: Alvar Aalto Museum) Dec. 1986 – Jan. 1987; (Pori/Finland) Feb. – March 1987 (Curators: Maurizio Nannucci and Pier Luigi Tazzi)
445. Robert Lax. Abstract Poetry. (London: Nigel Greenwood Books) Oct. 1 – 31, 1987
446. Buch Julius, Stuttgart/Germany, Nov. 6, 1987
447. Visual Poetics: Concrete Poetry and its Contexts (Brisbane/Australia: The Museum of Contemporary Art; Curator: Nicholas Zurbrugg) 1988
448. St. Bonaventure University: Friedsam Memorial Library, Sept. 1 – Oct. 30, 1990 (materials from the Lax Archives)
449. Robert Lax and concrete poetry. (Buffalo N.Y.: Burchfield Art Center. The Chemical Bank annual exhibition, organized by the Burchfield Art Center in collaboration with the Poetry/Rare Books Collection, University Libraries, the University at Buffalo) Dec. 1, 1990 – Jan. 20, 1991.
450. Columbia University, New York, NY, 1992
451. Vizuální Texty. (Brno/Czechia: Dum Uméni) June 29 – Aug. 15, 1993
451a Cultural Center Skala / Patmos (exhibition of books) early 1994
452. Interactions & Overlap: from the Little Magazine and Small Press Collection at University College London, selected by Geoffrey Soar & David Miller. London: workfortheeyetodo, Nov. 10 – Dec. 22, 1994
453. Elisabeth Massé – Sea & Sky. (Riehen/Basel: Galerie Kain) May 31 – July 7, 1996
454. Mur du Son (Nice/France: Villa Arson) 1996 (Ed. Maurizio Nannucci)
455. Keeping Time (Bourges/France: École des Beaux Arts) 1996 (Ed. Maurizio Nannucci)

456. Robert Lax, Eugen Gomringer; Editions Francesco Conz, Prints on Fabric. (Leicester: Trinity House Gallery, De Montfort University; Curator: Nicholas Zurbrugg) Oct. 31 – Nov. 30, 1996

457. 20 Jahre Bielefelder Colloquium Neue Poesie. (Bielefeld: Kunsthalle, Richard Kaselowsky-Haus) April 10 – May 4, 1997

458. Robert Lax, Eugen Gomringer; Editions Francesco Conz, Prints on Fabric. (Oxford: Somerville College Art Society, University of Oxford; Curator: Nicholas Zurbrugg) May 7 – 16, 1997

459. Konkrete Poesie Konzept Kunst. (Rosenheim: Städtische Galerie/ Kunstverein) Sept. 4 – Oct. 12, 1997

460. Francesco Conz and the Intermedia Avantgarde, by Anne Kirker & Nicholas Zurbrugg. (Brisbane/ Australia: Queensland Art Gallery 1997

461. Three Windows – Hommage à Robert Lax. Video-Installation by Nicolas Humbert and Werner Penzel at Haus der Kunst, München, Aug. 1999, intermedium 1, Berlin, Nov. 1999 and Kunsthaus Zürich/Switzerland November 1999.

IX. ON, FOR & TO ROBERT LAX (IN ALPHABETICAL ORDER)

462. Anonymous: »Lax was writer in infancy; townpaper printed his work«. In: Columbia Spectator, March 26, 1936

463. Anonymous: »Robert Lax«. In: Catholic Authors, vol. 2, ed. Matthew Hoehn (Newark, New Jersey: St. Mary's Abbey, 1952, p.298–300

464. Anonymous: (Review of »Circus of the Sun«). In: Approach, Winter 1962

465. Anonymous (pl): »Das literarische Portrait«. In: Christ in der Gegenwart, Freiburg i. Br./ Germany, May 1987
466. Anonymous: (Review of »33 poems«). In: The New Yorker, Oct. 31, 1988, p. 105
467. Anonymous: (Review of »33 poems«). In: Poetry Flash, Dec. 1988
468. Anonymous (tw): »Mensch und Universum«. In: Basler Zeitung #70, March 23, 1989, p. 59
469. Anonymous: »Renowned poet returning to Olean to teach at St. Bonaventure«. In: Olean Times Herald, August 21, 1990
470. Anonymous: »Lenna gift brings poetry to life for students«. In: St. Bonaventure University Capital Campaign Update, Winter 1991, p. (1–2)
471. Anonymous: (Review of »Love Had a Compass«). In: Publishers Weekly, vol. 243, #23, June 3, 1996, p. 74
472. Anonymous: (Review of »Love Had a Compass«). In: America, Sept. 21, 1996
473. Antonucci, Emil: »A Note on Working with Robert Lax«, in: »The ABC's of Robert Lax« (Exeter: Stride) 1999, p. 187
474. Avedon, Richard: Photograph of Robert Lax. In: Egoiste #12, vol. II, (no date indicated), p. 140–141
475. Bann, Stephen: »Concrete Poetry and the Recent Work of Robert Lax«. In: Voyages, Vol. 2, #1–2, 1968, p. 80–81; also in: »The ABC's of Robert Lax« (Exeter: Stride) 1999, p. 64–65
476. Barras, Vincent: »Two Meetings with Robert Lax«, in: »The ABC's of Robert Lax (Exeter: Stride) 1999, p. 221
477. Barras, Vincent: »The First Production of Black/ White Oratorio«, in: »The ABC's of Robert Lax (Exeter: Stride) 1999, p. 225–226

478. Bayerischer Rundfunk (Publ.): Hörspiel-Programm Juli – Dez. 1990. (München: Bayerischer Rundfunk) 1990, p. 25 (with front cover photograph of Robert Lax and Hartmut Geerken by Michael Kalandranis and pictograms by Robert Lax on back cover)
479. Bayerischer Rundfunk (Publ.): Hörspiel-Programm Juli – Dez. 1995 (München: Bayerischer Rundfunk) 1995, p. 59, 61, 63 (with front cover photograph of Robert Lax by Wilfried Petzi and pictograms by Robert Lax on back cover)
480. Beer, John: »Notes on ›Black/White Oratorio‹«, in: »The ABC's of Robert Lax (Exeter: Stride) 1999, p. 223–224
481. Bick, Andrew: »Robert Lax« (Edinburgh: A Morning Star Folio) #2/3, 1991
482. Bick, Andrew: »For Robert Lax« (photograph), in: »The ABC's of Robert Lax (Exeter: Stride) 1999, p. 252
483. Biddle, Arthur W.: »Thomas Merton and Robert Lax: A Friendship in Letters« (Southampton/ England) May 1996 (Speech given at the first general meeting of the Thomas Merton society of Great Britain and Ireland) Lax-Archiv Geerken
484. Birmingham, Frederic A.: »The Writer's Craft« (New York: Hawthorn) 1958, p. 156–157
485. Bourquin, Irene: »Meditatives Sprachspiel. Der Lyriker Robert Lax im Kunstmuseum Winterthur«. In: Der Landbote (Winterthur/Switzerland) #240, Oct. 16, 1992, p. 17
486. Bourquin, Irene: »Meditative Selbstgespräche. ›dialogues/Dialoge‹ – Ein neues Buch des amerikanischen Lyrikers Robert Lax. In: Zeichen und Werte. Kulturelle Beilage zum »Landboten und Tagblatt von Winterthur und Umgebung«, #283, Dec. 3, 1994, p. 29

487. Bourquin, Irene: »Ewigkeit im Augenblick«. In: Der Landbote (Winterthur/Switzerland) #91, April 21, 1995, p. 17
488. Bourquin, Irene: »Robert Lax – eigenwilliger Lyriker und Philosoph. Der amerikanische Autor Robert Lax wird 80 – eine Begegnung auf der griechischen Insel Patmos. In: Zeichen und Werte. Kulturelle Beilage zum »Landboten und Tagblatt von Winterthur und Umgebung«, #274, Nov. 25, 1995, p. 25–26
489. Bourquin, Irene: »Lautmalerisch-meditative ›Minimal poems‹. ›on & by robert lax‹ – eine Festschrift mit Texten aus vierzig Jahren«. In: Zeichen und Werte. Kulturelle Beilage zum »Landboten und Tagblatt von Winterthur und Umgebung«, #274, Nov. 25, 1995, p. 25
490. Bourquin, Irene: »Mit Büchern pflügen. ›notes/notizen‹ – ein neues Buch von Robert Lax«. In: Zeichen und Werte. Kulturelle Beilage zum Landboten und Tagblatt von Winterthur und Umgebung«, #274, Nov. 25, 1995, p. 26
491. Bourquin, Irene: »Robert Lax – Lyriker und Philosoph«. In: Orientierung (Zürich) #22, Nov. 30, 1995, p. 241–243
492. Burchfield Art Center (Buffalo, NY). »Exhibitions Robert Lax and Concrete Poetry«. In: Burchfield Art Center Newsletter, Winter 1990–91, p. 4
493. Bushnell, Mary Ellen: »German Gallery Honors Lax«. In: Olean Times Herald, May 21, 1985, p. 3
494. Chopin, Henri: »Fabulous Independence«, in: »The ABC's of Robert Lax (Exeter: Stride) 1999, p. 114–115
495. Clark, Thomas A.: »Words and Stones, Eloquence and Astonishment«, in: »The ABC's of Robert Lax« (Exeter: Stride) 1999, p. 106–111

496. Conz, Francesco: »Impressions of Robert Lax« (Letter to Nicholas Zurbrugg), in: »The ABC's of Robert Lax« (Exeter: Stride) 1999, p. 212–218
497. Corman, Cid: »THE/WORK OF«, in: »The ABC's of Robert Lax« (Exeter: Stride) 1999, p. 112–113
498. Cunningham, Laurence S.: (33 poems/ review). In: Cisteriean Studies #4, 1988
499. Cutts, Simon: »The Lax Wall« (1989), Chateau de Lesvault, Only, France, in: »The ABC's of Robert Lax« (Exeter: Stride) 1999, p. 256
500. Daley, Rosemary: »Robert Lax at Olean Campus: Olean Native Shares Thoughts on Living, Writing«. In: Olean Times Herald, Sept. 17, 1974, p. 32
501. Daley, Rosemary: »Poet with International Credentials, Olean Roots, Visits St. Bonaventure«. Olean Times Herald, Sept. 23, 1990
502. Daley, Rosemary: »Lax Returns to St. Bonaventure after Decades of Achievement«. Olean Times Herald, Sept. 23, 1990
503. Daley, Rosemary: »My work is a song«. In: Olean Times Herald, Oct. 6, 1990, p. 20
504. Daley, Rosemary: »Robert Lax: Portrait of a poet« (Review of »Love Had A Compass«) in The Times Herald (Olean NY) July 31, 1996
505. Deedy, John: »News and Views: Robert Lax«. In: The Commonweal, vol 105, #5, March 3, 1978, p.130; also in »The ABC's of Robert Lax« (Exeter: Stride) 1999, p. 184–186
506. Detterer, Gabriele: »Der minimierte Fluß der Worte. Der amerikanische Lyriker Robert Lax, der heute abend in der Kunsthalle liest, wird 80«. In: Basler Zeitung, #249, Oct. 25, 1995, p. 42
507. Dwoskin, Stephen: »Memories of Films and Film-Makers«. In: Film Is. The International Free Cinema (Woodstock, NY: Overlook) 1975,

p. 163–165. Incl.: Description of Antonucci's Lax Films.

508. Dwoskin, Stephen: »On Lax and Antonucci's Films«, in: »The ABC's of Robert Lax (Exeter: Stride) 1999, p.188; excerpts from »Film Is ...«, The International Free Cinema (London: Peter Owen)

509. Eberth, John T.: »Coming home, renowned poet Robert Lax returns to the place of his birth«. In: Olean Times Herald, Oct. 3, 1990, p. 2

510. Eliot, Alexander: »A Fax Re Robert Lax«, in: »The ABC's of Robert Lax (Exeter: Stride) 1999, p. 204–206

511. Finlay, Ian Hamilton: »crimson crimson black (...)« »Homage to Robert Lax«. (Wild Hawthorn Press: Ian Hamilton Finlay) (1974); reprinted in »The ABC's of Robert Lax« (Exeter: Stride) 1999, p. 254–255

512. Flagg, Nancy: »The Beats in the Jungle«. In: Art International, Sept. 1977, p. 56–59; also in »The ABC's of Robert Lax« (Exeter: Stride) 1999, p. 191–200

513. Flagg, Nancy: »Reinhardt Revisiting«. In: Art International, Vol. 22, #2, 1978, p. 54–57

514. France, Peter: Hermits. The Insights of Solitude. (London: Chattoo & Windus) 1996, incl.: »A Hermit for Our Time: Robert Lax on Patmos«, p. 192–193 French translation: »Un ermite de notre temps. Robert Lax à Patmos« in: France, Peter »Éloge de la Solitude« (Paris: arléa) 1997

515. Furlong, Monica: »Merton. A Biography«. (San Francisco: Harper & Row) 1980

516. Gappmayr, Heinz: «ohne ausdehnung«. »Für Robert Lax«. In: Wolfgang Günther: Auftauchen von Formen & Farben als Dinge des Geistes. (Salzburg: Galerie Seywald) 1997, p. (14)

517. Geerken, Hartmut: »die tücke des lachs & wie das tragische zum weltgesetz & die gelächter von billie holiday john cage & sun ra zur ästhetischen gestalt des metaphysischen wurden. lachstücke für profis & laien. In: Bestände #16/17, Steinach/Austria: Culturcentrum Wolkenstein, 1990, p. 24–25
518. Geerken, Hartmut: »bob's bomb – ein interaktives hörpiel nach einem scenario von robert lax«. In: Hartmut Geerken: Das interaktive Hörspiel als nicht-erzählende Radiokunst. (Essen: Die Eule) 1992, p. 44–52
519. Geerken, Hartmut: »mappa« (Spenge/Germany: Klaus Ramm) 1988. Numerous references to Lax
520. Geerken, Hartmut: »kant« (Spenge/Germany: Klaus Ramm) 1998. Numerous references to Lax.
521. Gibbs, Michael: »Words in Art are Words ... Poetry in Art is Poetry: Robert Lax and Lawrence Weiner«, in: »The ABC's of Robert Lax« (Exeter: Stride) 1999, p. 158–161
522. Gilman, Richard: »Faith, Sex, Mystery; A Memoir«. (New York: Simon and Schuster) 1986, p. 144–173
523. Ginsberg, Allen: Journals, 1977, p. 78–79
523a. Gommlich, Eberhard: »installation für robert lax« (Hechendorf/Germany: Provinz-Galerie) Aug./Sept. 1995
524. Gomringer, Eugen: »Homage to Robert Lax«, in: »The ABC's of Robert Lax« (Exeter: Stride) 1999, p.222
525. Griffin, Mary: »The Center of Vision in The Circus of the Sun«. In: Chimes, St. Mary's College, Notre Dame, Winter 1961, p. 99–101
526. Hart, Brother Patrick: Foreward to Thomas Merton/Robert Lax: A Catch of Anti-Letters (Kansas City: Sheed & Ward) 1978, 1994;

a version of this foreword in »The ABC's of Robert Lax (Exeter: Stride) 1999, p. 227–230

527. Hart, Patrick: »Patmos Journal: In Search of Thomas Merton with Robert Lax« (Westerly, RI: Ring Tarigh) 1996

528. Hauff, Sigrid: »Alltag als spirituelle Erfahrung«. Basler Zeitung, Nov. 28, 1990

529. Hauff, Sigrid: »Robert Lax und die mystische Reise um die eigene Achse«. In: Hartmut Geerken: »Das interaktive Hörspiel als nicht-erzählende Radiokunst. (Essen: Die Blaue Eule) 1992, p. 37–40

530. Hauff, Sigrid: »Das Flüchtige in der Kunst«. In: Hartmut Geerken, Das interaktive Hörspiel als nicht-erzählende Radiokunst. (Essen: Die Eule) 1992, p. 53–56

531. Hauff, Sigrid: »Von der Macht einfacher Wörter. Ein Eremit auf Patmos: Zum 80. Geburtstag des Dichters Robert Lax«. In: Süddeutsche Zeitung München, Nov. 25/26, 1995

532. Heim, Uta-Maria: »Auf seine Art tief religiös, Robert Lax und Tessa Weigner bei Buch Julius«. In: Stuttgarter Zeitung, #259, Nov. 9, 1987

533. Holwein, Jürgen: »Texte und Bilder zu Texten eines hartnäckig Unbekannten: Robert Lax in der Staatsgalerie; Der Witz steckt im Schwebezustand«. In: Stuttgarter Nachrichten, #94, April 23, 1985, p.13

534. Howe, Susan: »The End of Art«. In: Archives of American Art Journal, vol.14, #4, 1974, p. 2–7; also in »The ABC's of Robert Lax« (Exeter: Stride) 1999, p. 80–91

535. Johnston, Devin: (Review of »A Thing That Is«). In: Chicago Review, vol. 43, #2, Spring 1997, p. 110–114

536. Kellein, Thomas: Eine Einführung in das Werk von Robert Lax. In: Robert Lax. (Stuttgart/Germany: Archiv Sohm, Staatsgalerie) Exhibition April 20 – May 26, 1985, incl.: Bibliography by Angela Wagener and Judith Emery
537. Kelly, Marcia and Jack: Conversation with Robert Lax. In: The Merton Seasonal, vol. 16, #3. (Louisville, Kentucky: Thomas Merton Studies Center) Summer 1991, p. 4–9
538. Kenedy, R. C.: »Robert Lax«, in: Lugano Review, vol. XVI, 1971; also in: »The ABC's of Robert Lax« (Exeter: Stride) 1999, p. 66–79
539. Kenedy, R. C.: (Review). In: Art International (Lugano), Vol. XV/6 (June 20, 1971)
540. Kerouac, Jack: »Robert Lax«, in: »The ABC's of Robert Lax« (Exeter: Stride) 1999, p. 13
541. Kostelanetz, Richard: »The Collected Poems of Thomas Merton«. In: The New York Times Review of Books, Feb. 5, 1978; excerpt in: »The ABC's of Robert Lax (Exeter: Stride) 1999, p. 183
542. Kypraiou, Lena S.: »(The Poet Robert Lax)« (in Greek). Eleftherotypia (Athens) Nov. 9. 1982
543. Lacy, Steve: »For Robert Lax« (postcard), in: »The ABC's of Robert Lax« (Exeter: Stride) 1999, p. 257
544. Lagouvardos, Moschos: »Robert Lax« (in Greek), in: Stitmes (Larissa/Greece) #9, June 1987, p. 38–42
545. Levertov, Denise (on Lax's »Circus of the Sun«) in: The Nation, Oct. 14, 1961
546. Levertov, Denise (on Lax's »Circus of the Sun«) In: Voyages, Vol. 2, #1–2, 1968, p.93, also in: »The ABC's of Robert Lax« (Exeter: Stride) 1999, p. 181–182
547. Levi, John: »We Don't Kill Snakes Where We Come From: Two Years in a Greek Village«

(El Paso/Texas and Tuscon/Arizona: Querencia Books) 1994; some references to Robert Lax; also in: «The ABC's of Robert Lax« (Exeter: Stride) 1999, p. 201–202

548. Levi, John: «for Bob Lax (on Patmos)« in: «The ABC's of Robert Lax (Exeter: Stride) 1999, p. 203

549. Lennon, Brian: (Review of «Love Had a Compass«). In: Boston Review, Oct.–Nov. 1996

550. Littlefield, Tonya: »Visiting professorship allows Lax to return«. In: The Bona Venture (St. Bonaventure, NY) vol. 65, #2, Sept. 28, 1990, p. 1–2

551. Loydell, Rupert M.: »Two Poems for Robert Lax«, in: »The ABC's of Robert Lax« (Exeter: Stride) 1999, p. 258–259

552. May, Hal & James G. Lesniak (eds.): »Contemporary Authors« (Detroit, MI: Gale Research) vol. 27, 1989, p. 288–290

553. McDonnell, Thomas P.: (Review of »Circus of the Sun«). In: The Commonweal, vol. 74, #18, Aug. 11, 1961, p. 452–453; also in »The ABC's of Robert Lax« (Exeter: Stride) 1999, p. 179–180

554. McGregor, Mike: »Why I Believe in Miracles«. In: Wisdom's Cry. A Journal of Introspection. April 1990

555. McGregor, Michael: »Turning the jungle into a garden: a visit with Robert Lax«. In: Poets & Writers Magazine (New York) March/April 1997, p. 78–(87)

556. Merton, Thomas: »The Seven Story Mountain«. (New York: Harcourt, Brace) 1948

557. Merton, Thomas: »Cables to the Ace«. (New York: New Directions) 1968. Dedicated to Lax

558. Merton, Thomas: »Der Berg der sieben Stufen. (München: Goldmann) 1984 und (Zürich, Einsiedeln, Köln: Benziger) 1985

559. Merton, Thomas: »The Hidden Ground of Love, Letters on Religious Experience and Social Concern«. Ed. William Shannon. (New York: Farrar, Strauss, Giroux) 1985, p. 76, 213, 235
560. Merton, Thomas: »The Road To Joy. Letters to New and Old Friends«. Selected and ed. with an Introduction by Robert E. Daggy. (New York: Farrar, Straus & Giroux) 1989; incl. letters to Robert Lax
561. Merton, Thomas: »The School of Charity, Letters on Religious Renewal and Spiritual Direction. Ed. Patrick Hart. (New York: Farrar, Strauss & Giroux) 1990, p. 7, 122, 127, 415
562. Merton, Thomas: »The Courage for Truth, Letters to Writers«. Ed. Christine Bochen. (New York: Farrar, Strauss & Giroux) 1993. Numerous references to Lax.
563. Merton, Thomas: »Witness to Freedom, Letters in Times of Crisis«. Ed. William Shannon. (New York: Farrar, Strauss & Giroux) 1994. Numerous references to Lax
564. Merton, Thomas: »Run to the Mountain. The Story of a Vocation«. Ed. Patrick Hart. (San Francisco: Harper) 1995 (Journals vol. 1, 1939 – 1941) Numerous references to Lax
565. Merton, Thomas: »Learning to Love, Exploring Solitude and Freedom«. Ed. Christine Bochen. (San Francisco: Harper) 1997 (Journals vol. 6, 1966 – 1967) Numerous references to Lax
566. Merton, Thomas and James Laughlin: »Selected Letters«. Ed. David D. Cooper. (New York: Norton) 1997. Numerous references to Lax
567. Miller, David: »The Poetry of Robert Lax. An Introduction«. In: Poetry Information #11 (Newcastle-upon-Tyne) 1974

568. Miller, David: »The Poetry of Robert Lax. An Introduction«. In: Lugano Review, 1975/2, p. 46–48
569. Miller, David: »Robert Lax: Some (Other) Thoughts on Recent Works«. In: Poetry Information #16 (London) June 1976
570. Miller, David: »The end of the kingdom of necessity, servitude and inertia: an essay on the poetry of Robert Lax«. In: »White dark, black dark, black light, white light« (Edinburgh: Morning Star Publications) 1991
571. Miller, David: »New Music, New Poetry. A Set of Preliminary Notes«. In: Storming Heaven. Stride #35. (Exeter: Stride Publications) 1993, p. (61–67)
572. Miller, David: »Notes Written at a Night Window: On Ad Reinhardt«. (London: Form Books) 1994
573. Miller, David: »Interrelation, Symbiosis, Overlap«. In: Interaction & Overlap. From the Little Magazine and Small Press Collection at University College, London. (London: workfortheeyetodo) 1994
574. Miller, David: »Robert Lax's 21 pages« (Charleston IL: tel let) 1996; also in: »The ABC's of Robert Lax« (Exeter: Stride) 1999, p. 96–102
575. Miller, David: »art and disclosure. seven essays« (Exeter: Stride Research Document) #4, 1998
576. Miller, David and Nicholas Zurbrugg (eds.): »The ABC's of Robert Lax« (Exeter: Stride) 1999, incl. contributions by David Miller, Nicholas Zurbrugg, Jack Kerouac, William Packard, Michael Lastnite, Paul J. Spaeth, Stephen Bann, R. C. Kenedy, Susan Howe, Werner Morlang, Thomas A. Clark, Cid Corman, Henri Chopin, Mary Ellen Solt, Michael Gibbs, Thomas P. McDonnell, Denise Levertov, C. K. Williams, Richard Kostelanetz, John Deedy, Emil Antonucci, Stephen Dwoskin, Marc Van Doren, Nancy

Flagg, John Levy, Alexander Eliot, Julian Mitchell, Francesco Conz, Emmett Williams, Vincent Barras, Eugen Gomringer, John Beer, Brother Patrick Hart, Andrew Bick, Ian Hamilton Finlay, Simon Cutts, Steve Lacy, Rupert M. Loydell, Frank Samperi, and texts by Robert Lax

577. Miller, David and Nicholas Zurbrugg: »Introduction«, in: »The ABC's of Robert Lax« (Exeter: Stride) 1999, p. 7–12

578. Miller, David: »Robert Lax: Thoughts on Recent Work«, in: »The ABC's of Robert Lax« (Exeter: Stride) 1999, p. 92–95

579. Mitchell, Julian: »The Poet of Patmos«, in: »The ABC's of Robert Lax« (Exeter: Stride) 1999, p. 207–211

580. Morlang, Werner: »Fragestoss auf Fragestoss. Der amerikanische Autor Robert Lax verflüssigt Alltag zum Traum«. Die Weltwoche (Switzerland), Dec. 8, 1988, p. 58

581. Morlang, Werner: »Poetische Tagebücher ohne falsche Idylle«. Luzerner Neueste Nachrichten, Jan. 27, 1989

582. Morlang, Werner: »Unablässige Pendelbewegungen. Robert Lax' neuer Gedichtband.« In: Tages-Anzeiger (Zürich) March 26, 1990, p. 12

583. Morlang, Werner: »Poetische Beschränkung auf das Elementare«. Review of »the light the shade« In: Luzerner Neueste Nachrichten, June 7, 1990

584. Morlang, Werner: »Jeder beliebige Augenblick voll«. Zum »journal c / tagebuch c« von Robert Lax. Tages-Anzeiger (Zürich), April 12, 1991

585. Morlang, Werner: »Dieser einzige, einzigartige Zweck. Zum 80. Geburtstag des Dichters Robert Lax«. Neue Zürcher Zeitung (Zürich) Nov. 30, 1995

586. Morlang, Werner: »Der letzte Einsiedler auf Patmos«. In: Du (Zürich/Switzerland: TA Media) #2, 1998, p. 5
587. Morlang, Werner: »The Voice of One's Inner Dialogue«, in: »The ABC's of Robert Lax« (Exeter: Stride) 1999, p. 103–105
588. Mott, Michael: »The Seven Mountains of Thomas Merton«. (Boston: Houghton Mifflin) 1984 (numerous references to Lax)
589. Naoya, Sasaki: »Nomadic Lesson: Nicolaus Humbert & Werner Penzel, cine-poets of the films »Middle of the Moment« & »Step across the Border«, in: Switch (Japan) vol. 15, #7, July 1997, p.(90)–(99); in Japanese; with photographs by Mogi Ayaco
590. Nianiatus, George: »Robert Lax: Major modern day poet, works on display at Friedsam Memorial Library«. In: Olean Times Herald, Feb. 6, 1988
591. Nouwen, Henri: »Pray to Life, Thomas Merton Contemplative Critic«. (Notre Dame, Indiana: Fides/Claretian), p. 30–34
592. Olson, Ray: (Review of »Love had a Compass«). In: Booklist, June 1 & 15, 1996
593. Packard, William: »The Circus of the Sun by Robert Lax«, (1961), in: »The ABC's of Robert Lax« (Exeter: Stride) 1999, p. 177–178
594. Podak, Klaus: »Das Achten auf die Dinge. Die sinnlichen Meditationen des Robert Lax«. Süddeutsche Zeitung (München), Nov. 30, 1990
595. Rice, Edward: »The Man in the Sycamore Tree. The Good Times and Hard Life of Thomas Merton. (Garden City, NY: Doubleday) 1972 and (San Diego, New York, London: Harcourt Brace Jovanovich) 1985

596. Salsich, Albert: »For Robert Lax«. In: New York Quarterly, #13, Winter 1973, p. 109
597. Samperi, Frank: »Seven Poems (for Robert Lax)«, in: »The ABC's of Robert Lax (Exeter: Stride) 1999, p. 260–266
598. Sheed, Wilfried: »Memoirs with Parents«, 1985, p. 269–270
599. Shugart, Diane: »Poet Robert Lax finds revelations on Patmos, Island's poet laureate paints crisp images on page«.
In: Athens News (Greece) Aug. 13, 1995, p. 7
600. Silbert, Lyle: »Robert Lax (photograph).
In: New York Quarterly #17, 1975, p. 90
601. Soar, Geoffrey & David Miller: »Interaction & Overlap: from the Little Magazine and Small Press Collection at the University College, London« (London: workfortheeyetodo) 1994, p. 6
602. Solt, Mary Ellen: »Concrete Poetry. A World View« (Bloomington: Indiana University Press) 1970
603. Solt, Mary Ellen: »Robert Lax and concrete . poetry«. In: Robert Lax and Concrete Poetry (Buffalo NY: Burchfield Art Center). The Chemical Bank annual exhibition, organized by the Burchfield Art Center in collaboration with the Poetry/ Rare Books Collection, University Libraries, the University at Buffalo, Dec. 1, 1990 – Jan. 20, 1991, incl.: essays by Mary Ellen Solt, Michael Basinski, Robert J. Bertholf; with poems commissioned expressly for this publication and exhibition by Robert Lax, Ian Hamilton Finlay, Bill Bissett; also in: »The ABC's of Robert Lax« (Exeter: Stride) 1999, p. 132–157
604. Spaeth, Paul J.: Robert Lax. A Talk given before the Faculty of St. Bonaventure University, Oct. 27, 1989 (Lax-Archiv Geerken)

605. Spaeth, Paul J.: »A Selectively Exhaustive Chronology of Robert Lax 1915 – 1996«, in: »The ABC's of Robert Lax« (Exeter: Stride) 1999, p. 56–63
606. Spaeth, Paul J.: »Robert Lax: An Overview of His Life and Work«, in: »The ABC's of Robert Lax« (Exeter: Stride) 1999, p. 117–131
607. Uebbing, James: »The Poet Who Fell Off the Map, Robert Lax on the Island of Patmos«. In: The Commonweal, vol. 123, #8, April 19, 1996, p. 13–17
608. Uebbing, James: »The Long Poetic Life of Robert Lax«. In: Kirkus Reviews, 1996, 1 p.
609. Valoch, Jiri: Introduction (in Czech) to: Vizuálni Texty. Catalogue of Exhibition in Brno/Czechia June 29 – August 15, 1993
610. Van den Bergh, Gerhard: »Reiche Minimal-Poesie. Der amerikanische Lyriker Robert Lax. In: Neue Zürcher Zeitung, Oct. 25, 1991
611. Van den Bergh, Gerhard: »Entfaltete Grazie. Gedichte von Robert Lax«. In: Neue Zürcher Zeitung, August 21/22, 1993
612. Van den Bergh, Gerhard: »Über Robert Lax«. In: Robert Lax & Gerhard van den Bergh: »on & by robert lax«. Essay, Poetry, Drawings, Bibliography. PV 1995, p. 19–28; english translation p. 38–47
613. Van den Bergh, Gerhard: »Minimal Poetry of Substance.« Stride Magazine #37 (Exeter: Stride Publications) July 1995, p. (45)–(48)
614. Van Doren, Mark: »The Autobiography of Marc van Doren« (New York: Harcourt, Brace) 1958, p. 212–213; this passage is included in: Vogages, vol. 2, #1–2, 1968; also In: »The ABC's of Robert Lax« (Exeter: Stride) 1999, p. 190

615. Van Doren, Mark: »Morning Worship and Other Poems« (New York: Harcourt, Brace) 1960. Dedicated to Lax
616. Van Doren, Mark: »Selected Letters«. Ed. George Hendrick (Baton Rouge: Louisiana State University) 1987. Numerous references to Lax.
617. Vecchio, Patrick: »Poet Lax entrances listeners, Olean native reads from works at library«. In: Olean Times Herald, Oct. 10, 1990, p. 2
618. Waldock, Jeanne: »Robert Lax Remembers his Olean Days«. In: Times Herald Weekender (Olean, NY) Sept. 21, 1974, p. 4
619. Walsh, Peter: »Bob Lax, friend«. In: Commonveal (New York) July 12, 1996
620. Williams, C. K.: »Introduction to some Poems by Lax«. In: The American Poetry Review, vol.3, #1. 1974, p. 14; also in: »The ABC's of Robert Lax« (Exeter: Stride) 1999, p. 183
621. Williams, Emmett: »Echoes of Classicism in a New Form«, in: »The ABC's of Robert Lax« (Exeter: Stride) 1999, p. 219–220
622. Wirth, Gunther: »Der vagabundierende Poet Robert Lax in der Alten Staatsgalerie«. In: Stuttgarter Zeitung, April 23, 1985
623. Zufle, Manfred: »Robert Lax, ein amerikanischer Lyriker. In: Tagesanzeiger (Zürich) Feb. 18, 1984
624. Zurbrugg, Nicholas: »Robert Lax«. In: Visual Poetics; Concrete Poetry and its Context, an Exhibition. (Brisbane, Australia: Museum of Contemporary Art) 1989, p. 34–35
625. Zurbrugg, Nicholas: »Towards the End of the Line: Dada and Experimental Poetry Today«. In: Dada Spectrum: The Dialectics of Revolt. Ed. S. C. Foster & R. E. Kuenzli (Iowa City, Iowa: University of Iowa) 1978, p. 240–241

626. Zurbrugg, Nicholas: »›A little like movie film‹: Robert Lax and Vertical Poetics«, in: »The ABC's of Robert Lax« (Exeter: Stride) 1999, p. 164–176

X. ARCHIVES

627. Butler Library of Rare Books and Manuscripts. Columbia-University, 535 W. 114th St., New York, N.Y. 10027, USA
Papers ca. 1938 – 1990, 17 linear ft. (ca. 5300 items in 31 boxes and 1 package). Incl.: Correspondence, manuscripts, drawings, photographs, and printed material. Letters of Mark and Dorothy Van Doren and Thomas Merton. Lax's poetry and journal manuscripts, many written in Patmos and Kalymnos, Greece, and originally sent to Emil Antonucci of the Journeyman Press in New York for publication. Printed photographs and unprinted negatives of pictures taken by Lax, primarily in Greece.

628. Lax Archives at Friedsam Memorial Library, St. Bonaventure University, St. Bonaventure, N.Y.14760, USA. Curator: Paul J. Spaeth. 1932–Present. Materials covering all periods of Lax's life and work. Papers, 12 linear ft. (Incl.: manuscripts, typescripts, carbon copies, published articles). Correspondence, 12 linear ft. 700+ manuscript notebooks. Extensive holdings of publications and audio tapes. Also videotapes, posters, photographs.

629. Georgetown University Library,
37th and O Streets, N.W., Washington DC,
20057, USA

630. Archiv Sohm. Staatsgalerie, Urbanstrasse 35,
D-70182 Stuttgart/Germany

631. Susan Howe Archive. Susan Howe Papers.
MSS 201. Mandeville Special Collections Library, University of California, San Diego, USA
(Correspondence Susan Howe – Robert Lax)

632. Lax-Archiv Geerken, Wartaweil 37,
D-82211 Herrsching/Germany

633. University of Florida Library, 1350 GPO,
Gainesville, FL 32611, USA

634. Thomas Merton Studies Center,
Bellarmine College, 2001 Newburg Road,
Louisville, Kentucky 40205-0671, USA

635. Bayerischer Rundfunk
Hörspiel und Medienkunst
Rundfunkplatz 1, D-80300 München/Germany
(recordings, reviews, posters, photographs)

Patmos 1993

Photo: James Harford

1993

Photo: James Harford

ca. 1993

Photo: Moschos Lagouvardos

1995

Photo: Judith Emery

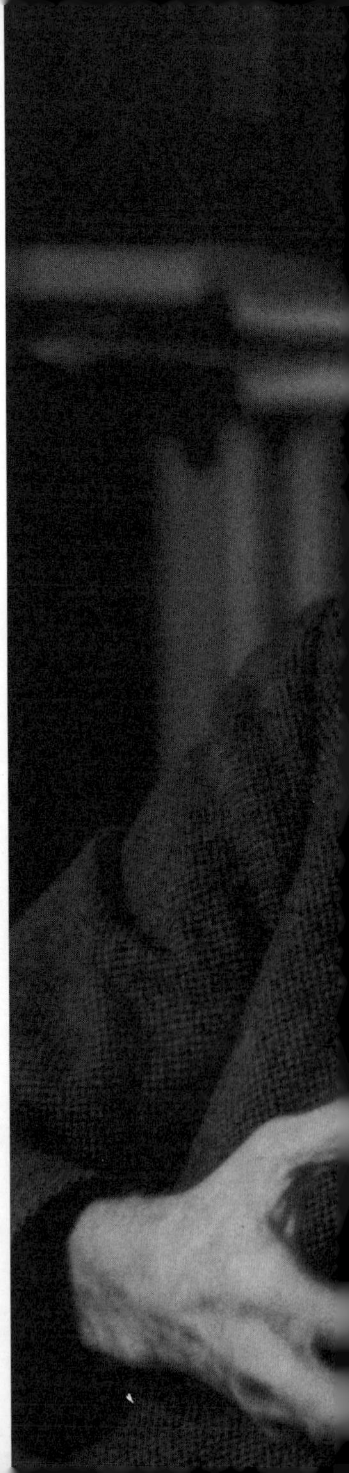

Wartaweil 1995

Photo: Wilfried Petzi

Wartaweil 1995

Photo: Wilfried Petzi

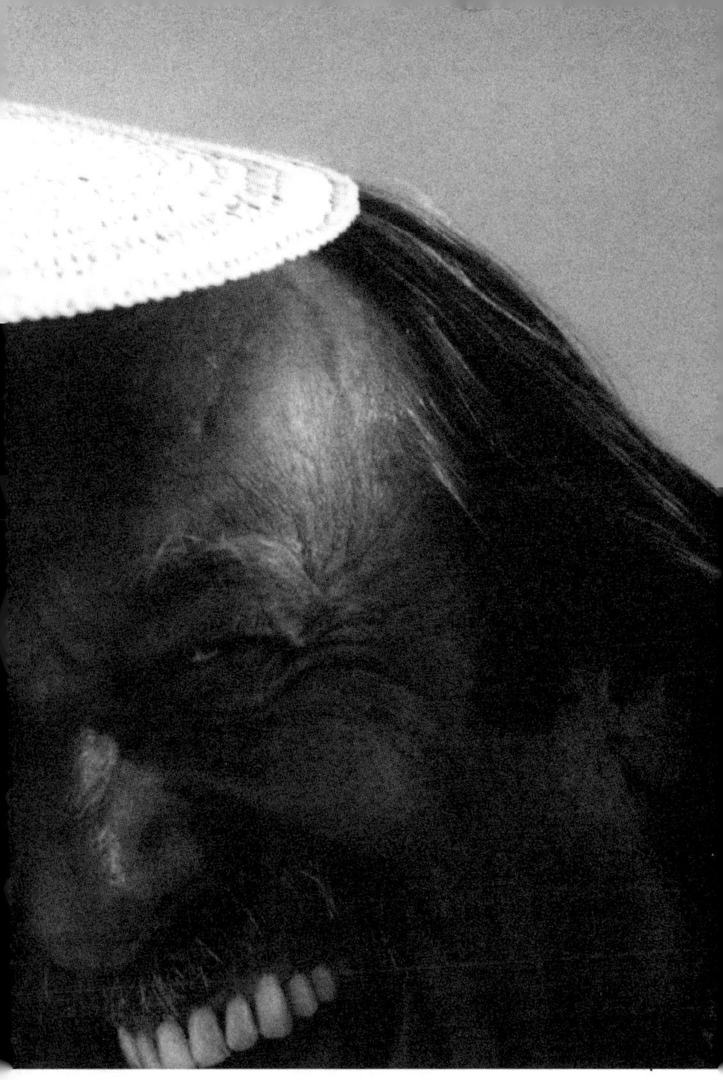

Robert Lax und Hartmut Geerken, Patmos 1998

Photo: Hartmut Geerken

Robert Lax

under the wines.

Patmos 1998

4 Photos: Hartmut Geerken

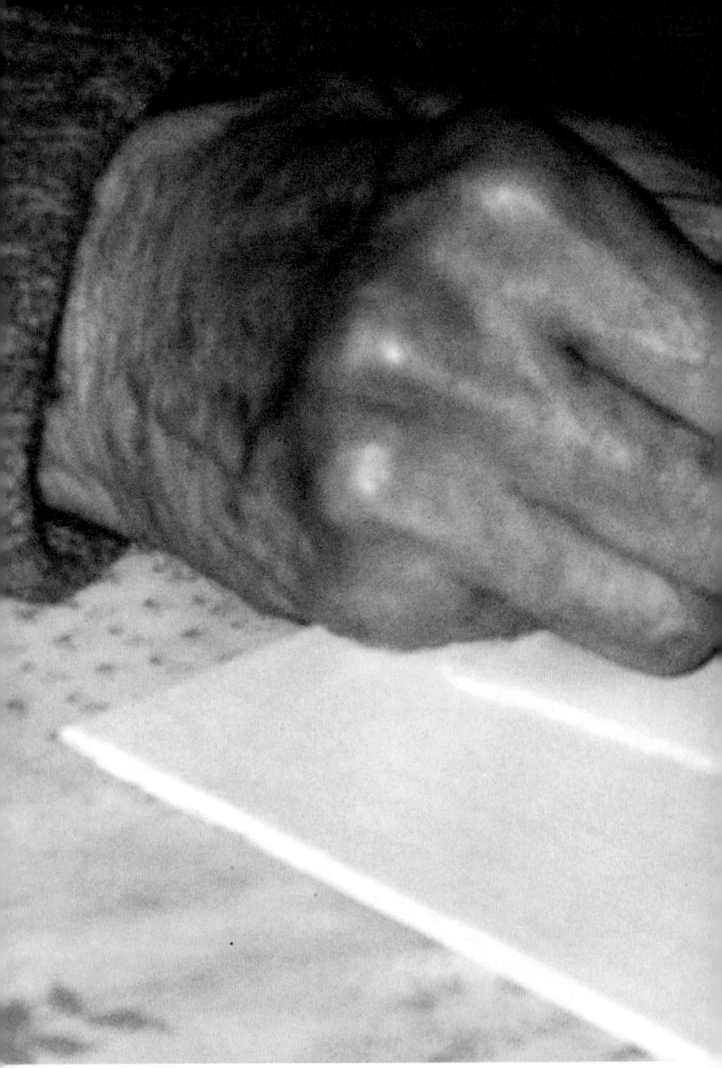

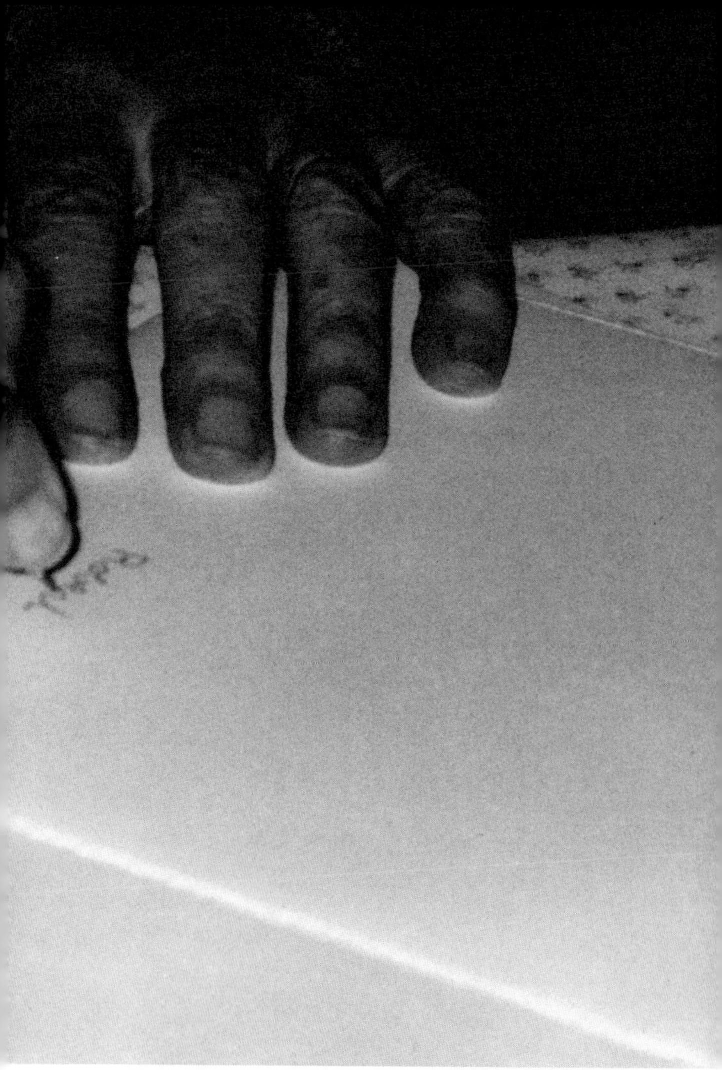

Robert Lax, signing

Patmos 1998

Photo: Hartmut Geerken